U0115977

地域文化研究叢書·嶺南文化叢刊

# 黃遵憲與嶺南近代文學叢論

## 下冊

左鵬軍　著

# 目次

下輯
文獻探賾

# 黃節與同光體

　　黃節是革命文學團體南社的重要作家。於黃節之逝世，柳亞子寫道：「太息分寧叟。驀驚心，松凋竹隕，歲寒時候。一慟龔生天年夭，耿耿精靈難朽。剩向笛淒涼懷舊。絕筆陽秋遺憾在，怎《黃書》未續薑齋手！」[1]章炳麟也稱讚他「為學無所不窺，而歸之修己自植」，為詩亦「足以自得」。[2]黃節也頗得同光體詩人推重，如同光體著名詩論家、福建派代表陳衍即說過：「余與晦聞相知久而相見疏。其為詩著意骨格，筆必拗折，語必淒惋。」[3]同光體江西派巨擘陳三立對黃節亦「至為歎服」，嘗對人說：「吾早知晦聞能詩，而不知其詩功之深如此。」[4]陳三立嘗為黃節詩集作序，評其詩曰：「格澹而奇，趣新而妙，造意鑄語，冥闢群界，自成孤詣。莊生稱藐姑射之神人『肌膚若凝雪，綽約若處子』，又杜陵稱『一洗萬古凡馬空』，詩境似之。」又曰：「卷中七律疑尤勝，效古而莫尋轍跡，必欲比類，於後山為近。然有過之無不及也。」[5]

---

1　柳亞子：《金縷曲・悼黃晦聞》，《磨劍室詩詞集》（上海市：上海人民出版社，1985年），頁1798。

2　章炳麟：《黃晦聞墓誌銘》，《太炎文錄續編》卷五之下，《章太炎全集》第五冊（上海市：上海人民出版社，1985年），頁263。

3　陳衍：《近代詩鈔・石遺室詩話》，《近代詩鈔》第二十二冊（北京市：商務印書館，1923年），頁1。

4　汪辟疆：《光宣以來詩壇旁記》，《汪辟疆文集》（上海市：上海古籍出版社，1988年），頁575。

5　陳三立：《蒹葭樓詩序》，馬以君編：《黃節詩集》卷首（北京市：中國人民大學出版社，1989年），頁4。

　　黃節其人其詩獲得如此廣泛的讚譽，並且是得到一向被人們描繪成勢不兩立的革命文學團體南社詩人與同光體詩家的共同讚譽，定非事出無因。

　　黃節與時人有著廣泛的交往，在詩學詩藝上更是與各路好手酬唱交流，切磋共進；其中有相當一部分就是同光體詩人，或者是帶有明顯的宗法宋詩傾向的詩人。這不能不對他的詩學主張與詩歌創作發生重要的影響。黃節與陳衍、陳三立關係之密切，由上文所述已可見一斑。此外，他與其它同光體詩人，如俞明震、夏敬觀、李宣龔等，也經常交遊酬唱，詩書往還。

　　後人每將黃節同梁鼎芬、羅惇曧、曾習經並稱「粵東四家」，以四人均產嶺南，關係密切，更是因為四家之詩有其相通之處。梁鼎芬之詩，筆勢清勁，時有憤悱噍殺之音，格調與王安石、蘇軾為近，亦兼學杜甫、韓愈及中晚唐諸家。羅惇曧被陳衍稱為「文字骨肉」[6]，早年為詩，導源於溫庭筠、李商隱，後由白居易而肆力於陸遊，又浸淫於梅堯臣、蘇軾、王安石、陳師道之間。曾習經所作詩：「託意深微，而出以淡雅，溫厚清遠，在宛陵、後山間。在故都中與晦聞先後名家，可稱粵東二妙。」[7]他自己也在《盆蘭盛開》一詩中說：「我詩務平淡，稍涉宛陵藩。」[8]其詩由李商隱入手，由陳師道、梅堯臣而上溯至杜甫、鮑照、謝朓，功力特深。可見，這三人詩歌入手取徑雖有區別，但宗趣可謂大體相同，主要是取法宋詩。其實黃節詩的取徑也與這三家並無二致。總的說來，「粵東四家」的詩學宗旨是相同的，都是以學宋為主。

---

6　陳衍：《石遺室詩話》，轉引自錢仲聯主編《清詩紀事》第二十冊光緒宣統朝卷（南京市：江蘇古籍出版社，1989年），頁14341。

7　屈向邦：《粵東詩話》，轉引自錢仲聯主編《清詩紀事》第十九冊光緒宣統朝卷（南京市：江蘇古籍出版社，1989年），頁13608。

8　同上。

丁惠康、羅惇、陳衡恪也是與黃節常相唱和的詩人。丁惠康少時
與曾習經齊名,詩作與曾習經之取徑也大致相同,同樣走的是學宋一
路。羅惇與惇曧為堂兄弟,詩學宗趣亦在伯仲之間。汪辟疆《光宣詩
壇點將錄》將二人點為「守護中軍步軍驍將」,且有評論說:「二羅皆
一時健者。癭公蒼秀,敷庵精嚴。癭公氣體駿快,得東坡之具體;敷
庵意境老澹,有後山之遺響。跡其成就,其在散原,猶蘇門之有晁張
也。」[9]陳衡恪為陳三立長子,詩風清雋,對散原詩學方向雖有所改
變,但宗法宋詩則仍與乃翁無異。他早年曾學選體,後主要學江西派
中的陳與義,旁及梅堯臣、王安石。這樣一種詩學氛圍對黃節產生深
刻影響,黃節的詩學詩作與宗法宋詩的詩家聲息相通,也不可避免地
帶有宗宋學宋的傾向,就是極為正常的事了。

在目前所見搜羅黃節詩歌最全的《黃節詩集》[10]中我們看到,雖
然黃節與當時許多詩人筆墨往還,但是在黃節的唱和酬答之作中,恐
怕為諸宗元所作的詩是最多的了。黃節如此勤勉地為朋友作詩,抒情
言志,除諸宗元外大概沒有第二人。僅此即可見二人交誼深厚,非同
尋常。那麼,黃節何以如此呢?

看一看諸宗元其人其詩的簡單情況,對此即會有所領悟,而且有
助於瞭解黃節其人其詩。諸宗元也是南社詩人,但詩學旨趣與一般南
社詩人不同。以柳亞子、陳去病為代表的主流派南社詩人,追求「詩
界革命」,傾向盛唐詩,步武龔自珍,反對同光體。正如柳亞子所
說:「晚清末年到現在(引者按:此文作於1944年),四五十年間的舊
體詩,是比較保守的同光體詩人和比較進步的南社派詩人爭霸的時
代。」[11]在柳亞子等人看來,南社與同光體一為進步,一為保守,大

---

9 汪辟疆:《汪辟疆文集》,上海古籍出版社1988年版,頁402-403。

10 馬以君編:《黃節詩集》(北京市:中國人民大學出版社,1989年)。

11 柳亞子:《介紹一位現代的女詩人——為雙五新詩人節作》,《磨劍室文錄》(上海
市:上海人民出版社,1993年),頁1414。

有勢不兩立之態。而諸宗元卻作了另外一種選擇：他身為南社中人，並不排斥同光體的某些詩學主張和創作方法，成為南社中個性突出、成就卓著的人物，他的詩亦成為南社之別調。因此有論者說：「貞長治詩垂四十年，不名一家，而所詣與范肯堂為近。陳伯嚴、鄭太夷、俞恪士、黃晦聞、夏劍丞、李拔可交口稱之。余最喜其《靜安寺追懷恕齋》一詩，以為瀏亮沉痛，而家國身世朋友之感胥寄於是。」[12]冒廣生謂：「南社社友中，能與社外詩家酬唱者，惟黃晦聞、諸貞壯二人。」[13]鄭逸梅亦曰：「在南社詩人中，以沖和澹遠勝的，當推黃晦聞和貞壯為巨擘。」[14]諸宗元與黃節齊名，二人不僅私誼極深，而且在詩學主張、詩歌創作上多有相同之處。他們與當時影響廣泛的同光體詩派有著友好的交往和密切的關係，也是顯而易見的事實。

從黃節本人的詩歌取徑和詩學宗趣來看，更可以發現其與同光體詩派的密切關聯。如有論者說：「其詩歷宋之後山、宛陵諸家，盡規其度。」[15]又有云：「晦聞乃專宗後山，別樹一幟，與南社作風絕緣。……近代學後山，最有名的當推黃晦聞，因為他的詩也是自苦吟得來。」[16]鄭逸梅論曰：「他詩學陳後山，刻一印為『後山以後』四字，頗有自負之意。」[17]汪辟疆在《光宣詩壇點將錄》中將其點為

---

12 梁鴻志：《大-閣詩序》，「爰居閣叢書」本《大-閣詩》卷首，民國二十三年甲戌（1934年），頁1。按：寒齋藏有一冊《大-閣詩》，乃梁鴻志題詩贈與林思進（山腴）且經林氏收藏者，卷首有二人鈐印，是其獨特且可貴之處也。附記於此，以志因緣。

13 錢仲聯：《論近代詩四十家》，《夢苕庵論集》（北京市：中華書局，1993年），頁352。

14 鄭逸梅：《南社叢談》（上海市：上海人民出版社，1981年），頁238頁。

15 張爾田：《序》，黃節：《鮑參軍詩注》卷首（香港：中華書局香港分局，1972年），頁6。

16 木易：《黃節及其兼葭樓集外詩》，左鵬軍：《嶺表詩壇一代宗師黃節》，見《嶺嶠春秋——黃節研究論文集》（廣州市：中山大學出版社，2003年），頁60。

17 鄭逸梅：《南社叢談》（上海市：上海人民出版社，1981年），頁250。

「地煞星鎮三山黃信」,並論曰:「晦聞刻意學後山,語多淒婉。嘗刻小印,文曰:『後山而後。』」[18]又曰:「晦聞晚歲以世變亂砭,人心日壞,道德禮法盡為姦人所假竊,惟詩教可以振作,有轉移風教之效。窮老益力,雖心臟積疾,罔敢告勞。及所陷益深,喑口曉音,難挽毫末,又歎為無望,幽憂所感,悉發於詩。其詩由晉宋以出入唐宋諸賢,惟不落前人窠臼,沉厚俳惻,使人讀之,有惘惘不甘之情。」[19]不但描摹出黃節憤世嫉俗、志在天下的入世人生追求,也較細緻地說明了黃節的詩歌取徑入手處和詩學宗趣偏好。

大致說來,黃節詩於宋代陳師道用力最劬,也頗濡染於梅堯臣及唐代杜甫、韓愈諸家,並由此上溯至晉宋之曹植、阮籍、謝靈運、鮑照等各家。正如他在民國十六年(1927)所作的《歲暮吟》中所說:「我獨治詩遠思古,陳王阮公謝鮑句。上及樂府詩三百,發為文章用箋注。」[20]黃節詩人兼學人的身份和修養,無疑對他的詩學主張與詩歌創作發生著有力而深遠的影響,使他與宋詩派詩人具有更多的相近之處。

同光體福建派詩人陳衍、鄭孝胥、沈瑜慶、陳寶琛、林旭、李宣龔等,學詩淵源於唐之韓愈、孟郊,主要宗法宋代的梅堯臣、王安石、陳師道、陳與義、姜夔等。陳衍更提出開元、元和、元祐「三元」之說,從理論上標舉學宋的旗幟,提出合學人之詩、詩人之詩二而一之的主張。同光體江西派的陳三立、華焯、胡朝梁、王瀣、王易、王浩及三立之子陳衡恪、陳隆恪等,則遠承宋代江西詩派而來,學詩以黃庭堅、陳師道為宗,特別注重功力的深厚和詩境的獨造。而

---

18 汪辟疆:《汪辟疆文集》(上海市:上海古籍出版社,1988年),頁350。

19 汪辟疆:《光宣以來詩壇旁記》,《汪辟疆文集》(上海市:上海古籍出版社,1988年),頁575。

20 馬以君編:《黃節詩集》(北京市:中國人民大學出版社,1989年),頁205-206。

以沈曾植、袁昶、金蓉鏡為代表的同光體浙江派，取徑與以上兩派又有差異。沈曾植創元嘉、元和、元祐「三關」之說，即主張上通元嘉一關，做到活六朝，宗尚元嘉時期的謝靈運、顏延之，元和時期的韓愈、孟郊以及李商隱，元祐時期以黃庭堅、陳師道為代表的江西詩派以及梅堯臣、王安石，意在將以上「三關」熔為一爐，通經學、玄學、理學以為詩，因詩見道，真正實現學人之詩與詩人之詩的統一。

可見，黃節的詩學宗趣主張與同光體各流派均有著較多的相通之處，它們之間存在著明顯的共同點。因此，黃節與同光體詩人保持深厚的交誼，就是極為合乎情理的了。完全可以說，就詩學旨趣、詩藝造詣方面而言，黃節與同光體的關係，遠較他與柳亞子、陳去病、高旭等南社詩人密切。甚至有論者說過這樣的話：「黃晦聞在同光派中較為晚出，因曾課北大垂二十年，所著《蒹葭樓詩集》為學者所稱，然後詩名被海內。……其後晦聞乃專宗陳後山，別樹一幟，與南社作風絕緣。」[21]很明顯，這裏徑直將黃節視為同光體詩派中人了，而且特別指出「與南社作風無緣」。此論明顯地存在偏頗之處，殆非通論，難以為今日的論者所接受。但從詩學宗趣方面看，又不能說此話毫無根據。它至少從一個角度說明了黃節與同光體詩派的密切關係，以至於有人把他看做同光體中人。黃節弟子、著名學者和詩人吳宓所述是極富啟示性的：「晚清談革命者，往往有其志其情而無才無學，如黃先生之博學與實學尤難。」又說：「黃先生所以為今日中國詩學宗師者，以其兼為詩學家與詩人。研究與創造，二者均能登峰造極。」[22]黃節之詩雖重在學宋，於陳師道用功更專，但作為一個合詩

---

21 木易：《黃節及其蒹葭樓集外詩》，馬以君編：《黃節詩集》（北京市：中國人民大學出版社，1989年），第306頁。

22 吳宓：《詩學宗師黃節先生學述》，馬以君編：《黃節詩集》，中國人民大學出版社1989年版，第305頁。

人學人二者為一的人物，他具有「轉益多師是汝師」的意識和氣度，
這必將大大有益於他的詩學主張和詩歌創作實踐。

　　詩壇的宗唐宗宋之爭，明清以降蓋未消歇。錢鍾書所論，可作定
讞看。他說：「唐詩、宋詩，亦非僅朝代之別，乃體格性分之殊。天
下有兩種人，斯分兩種詩。唐詩多以豐神情韻擅長，宋詩多以筋骨思
理見勝。……曰唐曰宋，特舉其大概而言，為稱謂之便。非曰唐詩必
出唐人，宋詩必出宋人也。……故有古人而為今之詩者，有今人而為
古之詩者，且有一人之身攬合今古者。……夫人稟性，各有偏至。發
為聲詩，高明者近唐，沉潛者近宋，有不期而然者。……且又一集之
內，一生之中，少年才氣發揚，遂為唐體，晚節思慮深沉，乃染宋
調。……格調之別，正本性情；性情雖主故常，亦能變運。」[23]

　　徵之黃節的詩歌創作，民國元年（1912）四十歲以前，多為高亢
雄渾、昂揚奔放之聲，是激揚蹈厲的少年意氣、胸中大志的流注，是
非凡才氣、明朗心境的呈現，更是充滿浪漫信心和熱情嚮往的革命理
想的表達。總的說來，這部分詩歌多染唐詩色彩，較近唐調。其所以
如此，從主觀方面說，是由於這一時期黃節的性情氣質、人生追求以
積極奮發的入世情懷為主，也是以他曾下過的「讀萬卷書，行萬里
路」的功夫為依託的；從客觀方面說，則是因為黃節初登詩壇至不惑
之年這段時間，乃是資產階級民族民主革命力量正值積蓄醞釀、發展
壯大的上陞期，時代主潮感染著他，激勵著他，遂有如許的詩篇。辛
亥革命以後，時局動盪，風雲變幻，許多人革命前的浪漫樂觀逐漸變
成失望幻滅。黃節的思想受到很大影響，也曾一度消沉難遣，寄情風
月，但他對國家命運前途、對民生疾苦的關切與憂患，不但未曾消
減，反而愈益強烈深摯。因此此期創作的詩中感慨頓多，詩風漸趨沉
鬱蒼涼。

---

23　錢鍾書：《談藝錄》（補訂本）（北京市：中華書局，1984年），頁2-5。

　　從個人生活經歷來看，四十歲以後的黃節主要以教授、研究中國古典詩歌為主，仍創作詩歌不輟。生活閱歷的不斷加深，學問修養的不斷精進，使他對世事、人生都有了愈來愈深切的體認領悟。而學者兼詩人的生活，對黃節詩學主張和詩歌創作的走向成熟，都發生著重要的影響。隨著年華的漸長，黃節的詩逐漸收斂了少年激揚蹈厲之概和氣吞萬里如虎之勢，愈來愈表現得老到凝重，沉潛頓挫，思慮深摯，以重在表現筋骨思理的宋調為其主導傾向。黃節晚年學人兼詩人的身份，使他對同光體詩人標舉的合學人詩人之詩二而一之詩學主張懷有好感，樂於接受，也是順理成章之事。

　　綜觀黃節一生的詩歌風格，可謂兼唐詩與宋詩於一身，熔高明與沉潛、豐神情韻與筋骨思理、才氣發揚與思慮深沉為一爐，的確臻致極高的藝術境界；只是前後各有側重、取捨稍有區別而已。也即是說，黃節的詩學主張和詩歌創作，愈發展到後來，愈走向成熟，就愈是與同光體詩派的詩學主張息息相關，就愈多與同光體詩人的詩歌相通相近之處。這並不能得出黃節模仿效法同光體的結論，只是表明，黃節其人其詩與同光體詩派有著相當密切的關係；也表明，黃節和同光體詩人從各自的角度探索並把握了詩學理論和詩歌創作的某些共同的重要規律。雖說政治立場不同，詩學門派有異，但在詩藝上卻可以人同此心，心同此理，這也是頗有意味的一種文學史現象吧。

　　以筆者觀之，黃節後期的詩歌是他一生創作成就的至高至佳處。黃節作於民國二十一年（1932）花甲之年時的一首《我詩》，可以看做是他對自己一生詩歌道路的一個總結：「亡國之音怨有思，我詩如此殆天為。欲窮世事傳他日，難寫人間盡短詩。啗苦蓼蟲惟不徙，食肥蘆雁得無危？傷心群賊言經國，孰謂詩能見我悲！」[24]這也就是他

---

24 馬以君編：《黃節詩集》（北京市：中國人民大學出版社，1989年），頁264。

在請張孟劬序其《蒹葭樓詩》時所說的：「平生之志與業，略具於是。」[25]

考察黃節與同光體詩派的關係，不僅可以深入地研究黃節其人其詩，而且對全面深入地研究南社、同光體也不無裨益。這是一個大課題，遠非譾陋不學的筆者所能擔當。但是，僅以上文所作分析論述而言，似也可以說明我們初步認識並繼續思考如下一些問題。

第一，黃節與同光體詩派存在著極為密切的關係，黃節的詩與同光體詩取徑相近，淵源極深，這是十分明顯的事實。黃節加入了南社，他的詩歌在思想上、內容上可能與南社的反清革命精神相近，但在詩學宗趣、詩藝追求上卻明顯地與同光體相親。換句話說，黃節其人其詩，在思想上、組織上屬於南社，而在詩藝上、風格上則與同光體更為密切。這也正是黃節在南社詩人中的特出之處。在南社詩人中，與黃節相似的情形並非絕無僅有，如諸宗元、胡先驌、龐樹柏、姚錫鈞、朱璽等等都是，黃節堪稱其代表。這是南社中文學成就與影響都絕不比柳亞子、陳去病、高旭諸人遜色的一翼，同樣堪稱南社文學成就的一個不可或缺、不容忽視的重要方面。可惜長期以來對這一詩學趨向沒有進行過客觀深入的研究，這是很不公平、很不正常的，有違實事求是的學術精神。這樣的狀況亟待改變。

第二，從邏輯上看，南社與同光體是依照不同的標準劃分得出來的兩個概念。陳去病說過：「南社，對北而言，寓不向滿清之意。」[26]高旭說：「於同盟會後更倡設南社，固以文字（引者按：從上下文語意判斷，「字」當係「學」之誤）革命為職志，而意實不在文字間

---

25 汪辟疆：《光宣詩壇點將錄》，《汪辟疆文集》（上海市：上海古籍出版社，1988年），頁350。

26 陳去病：《南社長沙雅集紀事》，原載《太平洋報》1912年10月10日，轉引自楊天石、王學莊編著《南社史長編》（北京市：中國人民大學出版社，1995年），頁297。

也。」[27]柳亞子也說過:「它底宗旨是反抗滿清,它底名字叫南社,就是反對北庭的標幟了。……我們發起的南社,是想和中國同盟會做犄角的。」[28]南社三位發起人的表白很充分地說明,南社以是否反對滿清統治、是否擁護民族民主革命為宗旨,它的取捨標準完全是革命的、政治的,而非文學的、藝術的。它在成立之初,就是一個組織鬆散、人員龐雜的革命團體,後期更復如此。除了在反清革命這一根本政治思想上略無差異之外,其它方面,如文化態度、文學觀念、詩歌旨趣等方面都存在明顯的甚至是嚴重的分歧。同光體是近代各種宗宋學宋的詩派的總稱,正如同光體著名詩論家陳衍所說:「同光體者,蘇堪與余戲稱同光以來詩人不墨守盛唐者。」[29]這是以詩學宗旨趣味為權衡標準的。因此,南社與同光體這兩個按照兩個標準、兩次劃分出來的概念,在邏輯上並不是矛盾對立的,而必然呈現出一種交叉關係。因此,在南社和同光體之間,存在以黃節為代表的一批「身為南社人,詩親同光體」的詩人,就是很自然的事了。

過去的某些論著經常把南社和同光體的關係描繪得非常緊張,好像二者真的那麼兩相對立,不共戴天。黃節與同光體關係密切、淵源甚深這一事實本身就說明,那種以非此即彼的階級鬥爭模式、以兩軍對壘的軍事對抗模式為線索描述出來的文學史,從方法到事實都大有問題。南社詩人與同光體詩人之間雖在政治觀上有異,但在詩學上卻多有交流往來,可以互相影響,彼此促進。南社和同光體的詩學成就

---

27 高旭:《無盡庵集序》,郭長海、金菊貞編:《高旭集》(上海市:社會科學文獻出版社,2003年),頁512。

28 柳亞子:《新南社成立布告》,《南社紀略》(上海市:上海人民出版社,1983年),頁100。

29 陳衍:《沈乙庵詩序》,舒蕪、陳邇冬、周紹良、王利器編選:《中國近代文論選》(北京市:人民文學出版社,1959年),頁391。

容有高下之別，取嚮之異，但二者共同創造了中國近代詩歌的藝術高峰，當是不可迴避、應當承認的事實。

第三，以往的南社和同光體研究，均存在嚴重的表面化、簡單化的弊端。比如，在南社研究中，除了研究範圍過於狹窄之外，從思想方法和批評觀念上說，過分地強調了它革命性的一個側面，而對其成員政治思想、文化意識、人生理想的複雜多樣性較少解會；只肯定其中以柳亞子、陳去病、高旭等為代表的宗法盛唐詩、學習龔定庵的一翼，而對其中偏重學習宋詩或與同光體交往較多的一翼，在沒有進行過深入細緻研究的情況下，就基本否定，甚至嚴加譴責。長期以來，學術界對同光體的研究更是極為欠缺，奇怪的是，對它的指責批判卻是不絕於耳。其實，這一詩派極為複雜龐大，如從政治派別上說，其中既有為數不少的封建高級官吏和傳統文人，也有一些人曾是維新派中的重要人物，政治觀、文化觀都非常複雜；從詩學宗尚及地域上看，又有浙江派、福建派和江西派之分，還有夏敬觀、陳曾壽、俞明震、范當世等難歸入以上三派而又成就卓著的各家。

可以毫不誇張地說，不全面瞭解和深入研究同光體，也就無法準確地認識南社詩人、近代詩歌乃至整個近代文學。這方面我們的工作做得極少，與同光體發生的歷史作用和應有的文學史地位相比，極不相稱。這種表面化、簡單化的思維方式和研究方法，嚴重地阻礙著近代文學研究的深入發展，也遠遠地背離了求真求實的學術原則。關於黃節與南社、與同光體的關係問題，僅僅是眾多問題中的一個小例子而已。

# 澳門《知新報》與「詩界革命」

　　《知新報》（The Reformer China）為晚清維新變法時期創辦的與《時務報》齊名的重要期刊，是研究戊戌變法時期中國政治文化的珍貴資料。1996年7月，澳門基金會和上海社會科學院出版社聯合影印出版了該報的第一冊至第一百三十三冊（中缺第一百一十六冊），並附錄了第一百三十四冊的要目，使這批以往難得一見的文獻公諸於世，為研究者提供了極大方便。

　　《知新報》為半月刊，由梁啟超、何樹齡、康廣仁、徐勤、韓文舉等主持，今天所知共刊行一百三十四冊，第一冊出版於光緒二十三年正月二十一日（1897年2月22日），第一百三十三冊刊行於光緒二十六年十二月初一日（1901年1月20日）。根據該刊出版規律，第一百三十四冊當出版於光緒二十六年十二月十五日（1901年2月3日）。

　　澳門《知新報》係繼上海《時務報》之後創辦，選擇在澳門編輯出版，確有深意存焉。正如梁啟超在《知新報敘例》中所說：「濠鏡海隅，通商最早；中西孔道，起點於斯；二三豪俊，繼倡此舉。」[1]此刊的創辦宗旨最集中地表現於吳恒煒所撰《知新報緣起》中，如有云：「《詩》云訛言莫懲，《書》戒無稽勿聽。今之作者，無或取焉。《春秋》經世，振先王之雅言；百二寶書，譯環球之近事。異聞必錄，不襲陳言；利病備陳，無取深諱。倡提聖學，無昧本原；採譯新書，旁搜雜事。審其技藝，窮其新理，則明者勢不抱曲學而愈愚矣；

---

1　《知新報》第一冊，澳門基金會、上海社會科學院出版社1996年，頁3。

察其土俗，知其形勢，則通者勢不泥舊章而解蔽矣；明其律法，譖其
機權，強者勢不執成法而振弱矣。」[2]由此可知，該刊與同時期湧現
出的《清議報》、《時務報》、《新民叢報》以及新加坡《天南新報》等
許多報刊一樣，主旨在於政治文化方面的宣傳鼓動，並不在於文學。

但是，《知新報》也與上述諸報刊相似，曾經刊載了一些詩詞和
文章，特別是自第一百一十三冊以後，在「京師新聞」、「中外交涉新
聞」、「各省新聞」、「廣東福建新聞」、「外洋各埠新聞」、「各國新聞」
等常設欄目之外，還專門設立了一個名曰「詩詞雜詠」、「詩詞雜錄」
或「詩文雜錄」的欄目，發表了許多詩詞和文學色彩較強的文章，提
供了一批豐富而重要的文學資料。筆者擬對《知新報》所刊詩詞作一
考察，希望從這一具體的角度瞭解澳門《知新報》與近代「詩界革
命」乃至中國近代文學的關係，認識澳門對中國近代文學的特殊貢獻。

## 一 詩詞簡況

澳門《知新報》共發表詩詞作品八十一題、一百九十九首，從
《知新報》的編輯體例和發表詩詞的具體情況也可以明顯地看出，光
緒二十四年二月二十一日（1898年3月13日）出版的第四十六冊至四
月二十一日（6月9日）出版的第五十五冊所刊《閩中新樂府》還是一
種僅見的特殊情況，是一個明顯的特例；而到了光緒二十六年二月一
日（1900年3月1日）出版的第一百一十三冊之後，「詩詞雜詠」、「詩
詞雜錄」或「詩文雜錄」就已經作為該刊的一個固定欄目而出現了，
詩詞作品也就成為該刊的一項比較重要的內容。由此亦可見，當戊戌
變法失敗之後，主持者辦刊思想的變化，特別是他們在政治上面臨無

---

2 《知新報》第三冊，澳門基金會、上海社會科學院出版社1996年，頁18。

計可施的困境之時對文學作品的重視。

《知新報》所刊詩詞包括多位作者的創作，這些作者多以各種字型大小、筆名發表詩詞作品，情況頗為複雜。從總體上看，在《知新報》上發表詩詞的作者一般都是持維新變法主張者，或者是與維新派中的某些重要人物比較接近、常相過從者，如康有為、康廣仁、丘逢甲、姚文棟、潘飛聲、丘煒菱等。另外還有如林紓、賀良樸、鍾祖芬等雖未參加維新變法運動，但對社會問題、民生饑苦甚為關心並積極用文學形式進行表現和反映的文學家。雖然「詩界革命」的理論宣導者、《知新報》的編者之一梁啟超沒有在該刊上發表詩詞作品，「詩界革命」的標誌性人物黃遵憲也沒有在《知新報》發表詩歌，但是結合「詩界革命」的理論主張和創作實踐，從目前能夠確認的作者名單中，已可以分明地感受到《知新報》與「詩界革命」的密切關係。

特別是梁啟超，作為「詩界革命」的率先宣導者和積極實踐者，雖然沒有在《知新報》發表詩詞，但作為該刊的主要編者之一，所發表的其它詩人的詩詞必定反映了梁啟超的主觀願望；而且，梁啟超發表於該刊的為數不少的文章，恰從另一角度反映了他的政治與文化主張，表現了戊戌變法時期梁啟超的思想狀態和對報刊宣傳與文學作品的特殊重視。

考察《知新報》發表詩詞的具體情況，考察這些詩詞與該刊發表的大量政論、新聞等主要文章的關係，可以看出，《知新報》所刊詩詞作品的作者構成情況與同一刊物上發表的政論、新聞等其它形式的文章的作者構成基本一致，思想傾向有著清晰的相關性，也與該刊的辦刊宗旨相同。它們較好地統一於該刊創刊時所揭示的辦刊宗旨和政治主張之中。

因此，可以說，《知新報》所發表的詩詞作品，雖然數量不是很多，卻從文學創作這一特殊角度反映了維新變法時期的許多真實情

況，特別是表現了其中一些代表人物在變法失敗後的思想和心態。一些細微的思想變化、情感狀態、內心感受往往在以表達情志為主的詩詞中表現出來，而在文章或其它文體中的表現卻不一定如詩詞這般真切生動。因此，可以認為，《知新報》所刊詩詞作品，不僅具有較高的文學價值，也具有重要的史料價值；不僅中國近代文學史研究中當重視之，中國近代史特別是戊戌變法史研究中也不可忽視之。

## 二　內容與風格

《知新報》所刊詩詞的內容相當豐富，多位作者從不同方面表現了紛繁複雜的近代社會狀況和知識分子的精神世界，留下了重要的文學創作成果。現將其主要內容概括為以下幾個方面，並舉若干作品實例以為證明。

第一，反映戊戌變法中的重要事件，抨擊以慈禧太后為首的頑固派，懷念這次政治改革運動中的死難者。

這是《知新報》所刊詩詞最重要的內容之一。江都王存作有《挽江建霞京卿》，是懷念江標的作品。伯寅《弔六君子》是懷念在戊戌政變中被害的六君子之作，其一有云：「不信神州竟陸沉，勝朝黨禍繼東林。十人九死悲黃種，一戮千秋此赤心。」其二有云：「海枯石爛冤終在，地老天荒局已殘。」其三寫道：「燎原歐焰日趨東，大地塵塵劫火紅。三字獄成生結案，中原鼎沸死和戎。可憐武氏房州舉，苦恨元和黨籍同。革政未成心未死，扶持殘局幾英雄。」[3]日本先憂後樂生《彼何人》真切反映了當時中國極端危險的局勢和對無人奮起

---

3　《知新報》第一百二十三冊（澳門：澳門基金會、上海市：上海社會科學院出版社，1996年影印本），頁1869。

救國的憂患:「佛人窺南部,魯人掠北方。普人據東岸,英人占中央。四百之州天日墨,虎視眈眈列強國。中原分割勢已成,大廈欲傾支不得。草莽豪傑多愛身,未見奮起救斯民。手提三尺定天下,木強劉季彼何人?」[4]

虎侯《七月下旬漢口新黨被害八月十三六君子殉難之日誦譚烈士魂當為厲以助殺賊擊節賦此》、大勇《聞漢口駢殺數十人髮指皆裂翌日又逢六君子紀念之期新愁舊恨交集於中憤而書此》二詩,也都是反映當時重大事件的作品。後一詩中寫道:「玉碎尋常事,英雄不瓦全。誓除頑固癖,休矣自由權。入夢還憂國,傷心欲問天。江干明月夜,孤憤不成眠。」[5]表現了寧為玉碎不為瓦全的決心和極度憤慨的情緒。屯庵《庚子七月黨禍再作免死口占以志之》將庚子事變中的黨禍與戊戌六君子的被殺聯繫起來,控訴了清政府頑固派的野蠻統治和血腥罪行:「撫鏡自憐頭頸好,鐫碑私幸姓名傳。死生福禍尋常事,成敗興亡指顧間。熱血未能真濺地,苦心空自望迴天。高山已去蒲生往,仰殘生愧六賢。」[6]

第二,關注國際國內政治局勢,審視當時中國在世界格局中的地位與命運,抨擊統治者的不思振作、腐敗顢頇。

這是《知新報》所刊詩詞另一引人注目的重要內容。金溪虎大郎《清臣竹枝詞》七首反映當時清廷臣子之間發生的七件時事,從不同角度揭露統治者的腐朽愚昧。個郎埠璪雲氏《觀世有感》反映當時國際局勢和中國這個老大帝國內外交困的境況,如其二有句云:「中原

---

4 同上。

5 《知新報》第一百二十八冊(澳門:澳門基金會、上海市:上海社會科學院出版社,1996年影印本),頁1972。

6 《知新報》第一百三十二冊(澳門:澳門基金會、上海市:上海社會科學院出版社,1996年影印本),頁2055。

時局變紛紛，蠶食鯨吞到處聞。頑固黨臣招外侮，維新國士合同群。」[7]梁溪振素庵主《感事》抒發由當時時事引發的深刻感慨：「金城千里漢山河，坐待瓜分可奈何？冤獄未曾天泣雨，寰瀛幾見海揚波。國衰柱石公忠少，世變滄桑感慨多。聲苦杜鵑聽不得，會看荊棘臥銅駝。」[8]更生《七月居丹將敦島作》之三表達了有國難歸的作者對國家政治局勢的關注和憂患：「北京蛇豕擾縱橫，南海風濤日夜驚。衣帶小臣投萬里，秋來絕島聽潮聲。」[9]青年《書憤》之二云：「曉角霜笳徹六宮，禁城高揭敵旗紅。牝雞自昔懲家索，裹馬何人作鬼雄。國有邦昌圖應命，天留魏絳老和戎。燕雲慘慘民何罪，百萬黔黎一擲中。」[10]真率所作《中秋夜即席次胡君韻》也有這樣的詩句：「不知天下事，分裂已淒涼。」[11]

更生《聞漢口之難哭唐紱丞》表達對唐才常的懷念，其一寫道：「烈士悲國難，奇才起楚湘。苦心結豪傑，誓死救君皇。兵氣連海口，元戎壓武昌。驚聞將星隕，憂痛惻肝腸。」[12]鄒琴孫《讀〈清議報〉感賦》之三云：「一鐸也難醒大眾，全球方自競於今。可憐震旦

7　《知新報》第一百二十一冊（澳門：澳門基金會、上海市：上海社會科學院出版
　　社，1996年影印本），頁1827。

8　《知新報》第一百二十一冊（澳門：澳門基金會、上海市：上海社會科學院出版
　　社，1996年影印本），頁1827。

9　《知新報》第一百二十六冊（澳門：澳門基金會、上海市：上海社會科學院出版
　　社，1996年影印本），頁1931。

10　《知新報》第一百二十六冊（澳門：澳門基金會、上海市：上海社會科學院出版
　　社，1996年影印本），頁1931。

11　《知新報》第一百二十八冊（澳門：澳門基金會、上海市：上海社會科學院出版
　　社，1996年影印本），頁1972。

12　《知新報》第一百二十九冊（澳門：澳門基金會、上海市：上海社會科學院出版
　　社，1996年影印本），頁1994。

同長夜，特恐閻浮盡陸沉。」[13]叱虎山人《列君出險憩敝觀半月今遠行矣詩以送之並步原韻》云：「勤王豈反招天忌，救眾居然入獄來。寄語仇頭須記取，悔教為虺未曾摧。」[14]也都是對當時國家民族狀況的生動寫照。這些詩作中傳達出一種激昂的民族情感和深沉的愛國情懷，傳達出近代中國人民急圖自強與奮起救國的民族情感和時代精神。

　　第三，反映當時中國社會現實的某些重要方面，特別是對民生饑苦、百姓境況表現出深切的憐憫與同情。

　　懷有一種悲天憫人的情懷關注百姓生活、同情民生疾苦，是中國許多詩人、文學家的共同情懷。在近代極其特殊的文化背景下，在中華民族生死存亡的危急關頭，中國文學古已有之的這種精神得到了一次空前充分的展現。《知新報》所刊詩詞中，也同樣可以看到這類內容。

　　此類詩歌，以林紓所作《閩中新樂府三十二首》為代表，其它詩人的作品雖也有所涉及，但均不如林紓這一組作品突出。《閩中新樂府三十二首》前有作者林紓小序云：「畏廬子曰：兒童初學，驟語以六經之旨，茫然當不一覺，其默誦經文，力圖強記，則悟性轉窒。故入人以歌訣為至。聞歐西之興，亦多以歌訣感人者。閩中讀白香山諷諭詩課少子，日仿其體，作樂府一篇，經月得三十二篇。吾友魏季渚愛而索其稿，將梓為家塾讀本，爭之莫得也。嗟夫！畏廬子二十六年村學究耳，目不知詩，亦不願垂老冒為詩人也，故並其姓名佚之。」[15]

---

13　《知新報》第一百三十三冊（澳門：澳門基金會、上海市：上海社會科學院出版社，1996年影印本），頁2076。

14　同上。

15　《知新報》第四十六冊（澳門：澳門基金會、上海市：上海社會科學院出版社，1996年影印本），頁587。

從中可見林紓深受白居易等「新樂府」思想與做法的影響，也表達了
創作這些作品的大致經過和主要目的。因此，作者在這一系列新樂府
中，反映了比較廣闊的社會生活，包括政治、經濟、軍事、外交、教
育、風俗等諸多方面；具體而言，舉凡纏足、庸醫、貧窮、溺女、士
夫、神怪、時務、營制、虐婢、去國、稅券、布施等現象或制度，都
在作品中得到了集中的反映。

如第一首《國仇》即為「激士氣也」之作，開頭就明確揭示了當
時中國列強環伺的危急狀況：「國仇國仇在何方，英俄德法偕東
洋。」同上。又如其部分詩題與標目雲：《渴睡漢》，「諷外交者勿尚
意氣也」；《五石弓》，「冀朝廷重武臣也」；《獺毆魚》，「諷守土者勿逼
民入教也」；《關上虎》，「刺稅釐之丁橫恣陷人也」；《殺人不見血》，
「刺庸醫也」；《水無情》，「痛溺女也」；《非命》，「刺士大夫聽術家之
言也」；《跳神》，「病匹夫匹婦之惑於神怪也」；《知名士》，「歎經生詩
人之無益於國也」；《番客來》，「憫去國者之懷歸也」；《燈草翁》，「傷
貧民苦於稅務也」；[16]等等。從這些揭示每首詩歌思想主題的標目中，
清晰可見作者的創作意圖和憂國憂民情緒。

茲舉「傷鴉片之流毒」的《生髑髏》一首為例。詩云：「生髑
髏，生髑髏，眶陷頤縮如獼猴。痰聲來，嗽聲續，黔到指頭疲到足，
汗漬眉心淚在目。逆氣轆轆轉心腹，溺泄便流沾被褥。……生路將窮
死路來，手頭已乏心頭好。計今惟有開煙局，煙歸官賣加箝束。無奈
官中重稅金，禍根深陷牢人心。寸心私祝戒煙會，救護神州休陸
沉。」[17]可見這一組作品很好地繼承了白居易「新樂府」的創作實踐

---

16 《知新報》第四十六冊-五十五冊（澳門：澳門基金會、上海市：上海社會科學院出
　　版社，1996年影印本），頁587-730。

17 《知新報》第四十九冊（澳門：澳門基金會、上海市：上海社會科學院出版社，
　　1996年影印本），頁620。

和「文章合為時而著，歌詩合為事而作」[18]的理論主張。林紓這一組新樂府詩無論在內容上、形式上，還是在精神實質上、藝術風格上，都與白居易的新樂府創作有著比較明顯的關聯，達到了相當高的思想和藝術水準。

京兆散人所作《重遊香江雜詠》則表現了作者對近代以來香港發生的重大變化特別是已割讓給英國統治的擔憂與憤慨，詩人深切真摯的愛國情感也非常突出。茲引其第三首、第六首為例：「不復維新死不休，心藏明鏡氣橫秋。皎然玉樹臨風立，羨爾元龍百尺樓」；「輪舶帆船簇仗新，馬車經處起香塵。可憐粉舞珠歌地，如此江山坐付人」。[19]此類之詩，與黃遵憲青年時期所作《香港感懷》有異曲同工之妙，亦與近代詩壇上頗有特色、影響深遠的「新派詩」的創作精神相通。

第四，表達寄身海外遊子對故國的懷念與關切，特別是因為戊戌政變而遠走異國的政治人物對國家前途與命運的關注。

戊戌變法帶來了短暫的政治開明和國家興盛景象，但是政變發生之後，留下的卻是深刻而持久的專制陰霾。這種重大的政治變故給許多關心國事民瘼的士人以巨大的精神壓力，給那些親自參與變法而後不得不逃亡海外的改革者留下了極其深刻的政治隱痛。《知新報》作為以宣傳變法維新為宗旨的期刊，在所發表的詩詞作品中，有這樣一些內容就是相當自然的了。素廣《己亥除夕七洲洋中感懷》反映的是一種有國難歸與無可奈何的憂傷情懷：「天荒地老哀龍戰，去國離家又歲終。起視北辰星暗暗，徒圖南溟夜濛濛。」[20]屯庵《送清流歸

---

18 白居易：《與元九書》，周祖編選：《隋唐五代文論選》（北京市：人民文學出版社，1990年），頁237。

19 《知新報》第一百二十四冊（澳門：澳門基金會、上海市：上海社會科學院出版社，1996年影印本），頁1890。

20 《知新報》第一百三十一冊（澳門：澳門基金會、上海市：上海社會科學院出版社，1996年影印本），頁2034。

國》云：「我已無家來避地，淒然今日送君歸。英雄不灑臨歧淚，看汝片帆天際飛。」[21]這首送友回國的作品，表現了臨別之際有家難歸、勸人勸己情境下內心極其複雜的情感。

下面的一組朋友臨別之際的酬答詩，並非一般的應酬之作可比。除了歷來此類作品的依依不捨、傷情懷遠與誠摯祝願等內容之外，更為重要的是突出了對國家民族前途與命運的思考，將個人的際遇遭逢與時代興衰、世道隆替相當緊密地聯繫起來，使酬答之作具有了更為深刻恒久的歷史內涵。列科麻《東行留別諸同人》有云：「公義私仇兩未諧，孤身戴得此頭回。八千子弟增鄉感，百二山河重帝哀。」[22]落落生《步原韻送列君之東》則寫道：「痛哭漢廷憐淚盡，奔馳秦國乞師來。書生早樹勤王幟，始信雄心猶未摧。」[23]七十老翁《列君東行詩以送之即步原韻》中也有這樣的詩句：「性質不磨惟獨立，英雄百折總忘哀。奮將羽翮挐雲去，會向乾坤灑血來。」[24]遁廣《重留別邱林徐三君子》也是將留別詩寫成了反映政治內容與時代風雲的作品。如之三云：「中原相見再長談，不到民權死不甘。寄語三君吾去也，魂兮留滯在天南。」之四云：「人事雖歧心未灰，他年應再動春雷。排空擊得彈丸碎，直抵黃龍飲一回。」[25]京兆散人《重遊香江雜詠》之三也寫道：「不復維新死不休，心藏明鏡氣橫秋。皎然玉樹臨風立，羨爾元龍百尺樓。」[26]這些作品既反映了時代的變化，也透露

---

21 《知新報》第一百三十二冊（澳門：澳門基金會、上海市：上海社會科學院出版社，1996年影印本），頁2055。

22 《知新報》第一百三十三冊（澳門：澳門基金會、上海市：上海社會科學院出版社，1996年影印本），頁2076。

23 同上。

24 同上。

25 同上。

26 《知新報》第一百二十四冊（澳門：澳門基金會、上海市：上海社會科學院出版社，1996年影印本），頁2890。

出當時詩人與文學家文化心態的變化。此類之作與上述幾類作品一樣，具有重要的思想價值和認識價值。

從藝術風格上說，《知新報》所刊詩詞大多本色自然，不假雕飾，風格雄健，氣象豪邁，時有哀痛感傷、沉鬱頓挫之作。這種風格特徵恰與它們所表現的真實而重大的時代內容相合，也是中國近代文學主體精神的一種藝術表現。

從文體形式與遣詞用語的角度來看，這些詩詞作品雖然仍在整體上延續著中國詩詞傳統，但同時值得注意的是作者們有意識地對傳統詩詞進行了某些改造或創新，如近體詩格律的適當鬆動，對古典詩詞規範約束的某些自覺解放；受西方文體影響、近代以來大量出現在漢語中的新名詞、新術語的運用；對政治事件、時事問題相當直接的抒情化表現；等等，都與梁啟超理論宣導最力的「詩界革命」和黃遵憲創作成就斐然的「新派詩」方式相近，精神相通。

可以認為，《知新報》所刊詩詞具有比較突出的現實政治內容，深刻地反映了近代中國發生的某些重大變化，透露出近代詩人與文學家思想意識深處的劇烈衝突和對國家民族前途命運的一貫關注。相當明顯，這些詩詞的主導內容與中國近代詩詞和近代文學其它文體樣式的基本精神也是相通的。它們從各自的角度共同反映了中國文學在近代這一前所未有的文化環境中發生的深刻變化，透露出中國文學和中國文化從古代走向現代的某些重要信息，具有特殊的文學史和文化史意義。

## 三 《知新報》與「詩界革命」

《知新報》館設在澳門大井頭第四號，總理為何廷光、康廣仁，撰述有何樹齡、韓文舉、梁啟超、徐勤、吳恒煒、劉楨麟、王覺任、

陳繼儼諸人，編譯英文為周靈生、葡文宋次生、德文沙士、法文羅渣、美文甘若雲、日文唐振超。發行地點除澳門該報報館外，尚有香港、廣州、佛山、石岐、江門、汕頭、梧州、桂林、三藩市和安南等地，可知此報發行於省內外和海內外，具有廣泛的影響。僅從這一點來說，如此之多的傑出人士聚集於澳門共同創辦《知新報》，並且取得了如此突出的成績，這一事實本身就是澳門對中國近代文學與文化作出的一項重要貢獻。在澳門這樣一個特殊的所在，能夠出現並生長著這樣一家以宣傳變法維新、介紹西方文明、拯救民族危難為宗旨的期刊，實在是一件值得紀念的事情。

回顧中國近代文學的發展軌跡可以發現，近代詩歌是自明至清中葉出現的詩歌創作高峰之後的又一個新的繁榮發展的時期，形成了中國古典詩歌的最後一座思想和藝術高峰。近代詩歌的發展雖然從道光年間就已經開始出現了一些新的面貌，在辛亥革命前後也取得了高度繁榮，形成了詩人眾多、流派林立、各領風騷的局面，但是一個顯而易見的事實是，「詩界革命」運動給近代詩壇帶來的影響是極其廣泛深遠的。光緒二十五年十一月（1899年12月），梁啟超在《汗漫錄》中提出「詩界革命」主張時，曾將其宗旨概括為：「欲為詩界之哥侖布、瑪賽郎，不可不備三長：第一要新意境，第二要新語句，而又須以古人之風格入之，然後成其為詩。不然，如移木星、金星之動物以實美洲，瑰偉則瑰偉矣，其如不類何！若三者具備，則可以為二十世紀支那之詩王矣。」[27]光緒二十八年至光緒三十三年（1902-1907），梁啟超又對「詩界革命」的實踐進行了進一步的反思和總結，在《飲冰室詩話》中將其理論思想表述為「獨闢新界而淵含古聲」[28]，「鎔鑄新理

---

27 鍾叔河主編：「走向世界叢書」之《歐洲十一國遊記二種・新大陸遊記及其它・癸卯旅行記・歸潛記》（長沙市：嶽麓書社，1985年），頁593。

28 梁啟超著，舒蕪校點：《飲冰室詩話》，人民文學出版社1959年版，第1頁。

想以入舊風格」[29]，「以舊風格含新意境」[30]，或者「以新理想入古風格」[31]。這些概括雖然表述方式有異，但其主導精神是大體一致的。

　　《知新報》發表詩詞之際，正是「詩界革命」蓬勃開展之時。無論是從作者隊伍來看，還是從詩歌內容與風格來看，《知新報》所刊詩詞作品與「詩界革命」都有著十分密切的聯繫。在《知新報》發表詩詞的作者中，有不少就是「詩界革命」的主要鼓吹者和實踐者。在中國近代文學史教科書和研究著作中，一般把《時務報》和《新民叢報》看做「詩界革命」與「文界革命」的重要宣傳陣地和創作實踐園地。假如從這一角度考察「詩界革命」與「文界革命」的話，也完全可以認為，澳門《知新報》也是近代文學革新運動的一個重要陣地，對近代文學改革特別是「詩界革命」的開展也起到了重要的作用，對中國文學從古代到現代的歷史轉換作出了突出的貢獻。

　　從「詩界革命」的理論主張出發，考察《知新報》所發表的詩詞，可以非常清楚地看到，其中的一些作品與「詩界革命」所宣導的詩歌改革方向有著明顯的一致性。南武《海上觀日出歌》有云：「我是渡海尋詩人，行吟欲遍南天春。完全主權不曾失，詩世界裏先維新。」[32]梁溪振素庵主《感懷》之六也寫道：「吾徒思想好，發達在精神。革命先詩界，維新後國民。勤王師敬業，淩弱痛強秦。興亞紆籌策，神州大有人。」[33]兩首詩都是將詩歌改革與國家前途、民族命運聯繫起來，可見詩人的思想特點。從中也可以認識到，他們從事「詩

---

29 同上書，頁2。

30 同上書，頁51。

31 同上書，頁107。

32 《知新報》第一百一十三冊（澳門：澳門基金會、上海市：上海社會科學院出版社，1996年影印本），頁1681。

33 《知新報》第一百二十五冊（澳門：澳門基金會、上海市：上海社會科學院出版社，1996年影印本），頁1910。

界維新」或曰「詩界革命」的理論宣導和創作實踐，都是自覺的行為，也是有意識的行動。

以上二詩中所表現的思想和主張在《知新報》所刊詩詞作品中，是頗有代表性的。現再舉幾例，以見這些詩歌創作與「詩界革命」的密切關係。丘逢甲《鄧公叔孝廉招宴杏花樓席上索諸公和》之四有云：「勞送天河使客槎，華妝團坐燦雲霞。英雄兒女平生願，要看維多利亞花。」[34]個郎埠璪雲氏《觀世有感》其一云：「世界橫分五大洲，東爭西戰逞雄遒。發強士氣如龍虎，屈抑民權等馬牛。萬里江山興覆敗，彌天風雨散還收。英豪欲幹乾坤事，急語同群學自由。」[35]長瀨竹修《寄贈潘劍公》云：「萬間廣廈竟長貧，每憶朝廷淚滿巾。傳世文章首興亞，救時經濟老維新。地球攘擾防流血，黨錮誅求早潔身。一卷泉明書甲子，海隅野史屬斯人。」[36]都是將當時新近由西方傳入中國的代表新文明的新名詞、新術語、新觀念與中國古典詩歌的舊形式結合起來，將詩人一己之感受與國家民族的前途命運聯繫起來，發為詩歌。這種創作對中國古典詩歌的改革之路進行了有益的探索，展示了中國詩歌在近代中西交匯、古今交替的文化背景下發生的嶄新變化，集中地體現了近代「詩界革命」的成績。

綜上所述，澳門《知新報》對中國近代文化的發展尤其是對變法維新運動起到了相當出色的宣傳鼓動作用，對西方文化的傳播和新的文化觀念的建立，也起到了積極推動的作用。就文學方面而言，《知新報》對中國近代文學特別是近代詩歌的發展也作出了重要貢獻，尤

---

34 《知新報》第一百二十五冊（澳門：澳門基金會、上海市：上海社會科學院出版社，1996年影印本），頁1910。

35 《知新報》第一百二十一冊（澳門：澳門基金會、上海市：上海社會科學院出版社，1996年影印本），頁1827。

36 《知新報》第一百二十四冊（澳門：澳門基金會、上海市：上海社會科學院出版社，1996年影印本），頁1890。

其是為「詩界革命」的創作實踐提供了一塊重要的園地。這些創作實踐為古典詩歌的新發展、為古典詩歌的近代變革積纍了可貴的經驗。

澳門自開埠以後，一直是中西文化交流的重要所在，特別是近代以來，澳門在中西文化交流過程中所處的地位、所發生的作用愈來愈重要。澳門這個面積不大卻極其神奇的地方，對中國走向世界和世界走向中國作出的貢獻是相當突出的。在近現代中西文化交流過程中，澳門既是西方文化傳入中國大陸的門戶與津梁，也是中國文化走向世界的視窗和紐帶。從中西文化交流和中國文化發展的角度來說，應時勢之所需產生於近代中葉的《知新報》能夠在澳門立足並且傳播到海內外，發生廣泛而深遠的歷史影響，這一事實本身就具有濃重的文化象徵意味。

# 報刊傳播與嶺南近代文學之變遷

作為一種地域性的文學，嶺南近代文學在整個中國近代文學中，具有獨特而重要的地位。嶺南近代文學與其它地域文學如上海近代文學、江浙近代文學、福建近代文學、江西近代文學、湖湘近代文學等一道，對中國近代文學作出了重要的貢獻，在很大程度上反映著中國近代文學的基本成就、時代特點和發展趨勢。這些舉足輕重的地域文學，在一定程度上決定著中國近代文學的整體面貌。

## 一　文學傳播的近代轉換

大量的文學史事實表明，傳播媒介的變化對文學創作與發展具有重要的影響，而且，隨著社會文化的發展，傳播方式和傳播途徑對文學創作與發展發生的影響會愈來愈全面而深刻。簡單回顧中國文學史的發展歷程就可以認識到，傳播媒介與文學發展的密切程度，基本上呈現出一種正比例的關係；換句話說，傳播媒介對文學創作與發展產生的作用，大體上是與傳播媒介的日益發達和文學作品的日益豐富相吻合的。作為從古代走向現代的過渡階段的中國近代文學，在許多方面都表現出既不同於傳統文學也有異於現代文學的特點，近代文學的發展與傳播媒介的關係也相當充分地說明了這一點。

從嶺南近代文學的發展變遷與文學傳播方式的變革中，可以更加清楚地認識文學發展與傳播媒介的密切關聯。這也是認識嶺南近代文學價值與意義的一個具體角度，同時也是認識嶺南近代文學與近代其

它重要的地域文學乃至整個中國近代文學之間關係的一個重要角度。筆者試圖從嶺南近代詩詞、散文、小說、戲劇諸文體的風格發展與文學傳播方式的關係中,認識嶺南近代文學這一重要側面。

這裏所說中國近代文學傳播媒介的變化,主要是指進入近代中後期以後,文學傳播從原來傳統的傳播方式向帶有較明顯的近代文化特徵的傳播方式轉變;具體地說就是文學作品從長期以來的手抄、木刻等傳播方式向石印、鉛印等方式轉變。特別是隨著報紙雜誌的大量出現,這些具有近代文化色彩的文學傳播方式愈來愈廣泛,帶來了中國文學傳播媒介的一次革命性的進步。近代文學傳播媒介的變化,帶來了文學的多方面變化,從作家的創作心態、寫作方式、生活狀況到作品的題材內容、藝術取向、美學風格,從文學的總體發展趨勢、具體變化過程到讀者的認識接受方式、對創作的回饋作用等,都發生了空前深刻的變革。

文學傳播方式的近代變革不僅是中國近代文學發展過程中的重要事件,而且是中國近代文化史上的一個值得重視的變化。僅就文學的發展而論,文學傳播媒介的這種變化對中國近代文學的影響可以說是全方位的,文學創作過程、文學傳播與接受的幾乎所有領域都不同程度地發生了明顯的變化,為近代文學獨特面貌的形成和特有價值的建立都起到了關鍵性的作用。

一般認為,道光二十年(1840)的鴉片戰爭是中國近代社會開端的標誌,也是中國近代文學開始的標誌。從鴉片戰爭以後中國文學的發展情況來看,在進入近代大約半個世紀的時間裏,也就是從19世紀40年代到90年代初期,儘管中國文學的各個方面都在不斷地發生變化,但是從總體上看,從內容到形式,從理論到實踐,似乎並沒有發生根本性的帶有明顯近代文化色彩和時代意義的變化。這一時期的文學發展仍然以漸進漸變為主要特徵。到了19世紀90年代中後期,由於

中日甲午戰爭中中國的慘敗，民族危機的日益嚴重，社會文化諸方面的深刻變化，愈來愈多的中國人方從酣夢中驚醒，於是興起了社會政治改革的思潮，開始了維新變法的宣傳鼓動和政治實施。

從文學傳播途徑和傳播方式的角度來看，維新變法時期出現的大量政治宣傳性和文學性的報刊是至為重要的，大量的文學作品在報紙雜誌上發表。這種變化實際上已在愈來愈深入地改變著中國傳統的文學傳播方式。嶺南近代文學傳播媒介的歷史性轉變，正是以此為重要契機才真正開始的。從更大一點的範圍來看，整個中國近代文學傳播媒介的轉換，也是從維新變法時期正式開始的。在文學傳播媒介的歷史轉換這一點上，嶺南近代文學與整個中國近代文學的基本情況大體一致。因此，考察嶺南近代文學傳播媒介與文學發展之間的關係，不僅可以從一個具體的角度比較深入地認識嶺南近代文學，而且可以把嶺南近代文學作為考察整個中國近代文學傳播方式變革的一個有典型意義的個案。

從報刊史的角度來看，在中國近代報刊業發展興盛過程中，外國人在華所辦報刊起到了關鍵性的作用，開創了中國帶有現代性質的報刊發展的先河。外國人在華辦報刊早在嘉慶至道光年間即已出現，且具有一定影響；而其大量出現並產生更大作用，是在同治與光緒年間。正如戈公振指出的：「我國現代報紙之產生，均出自外人之手。」[1]中國人自己獨立創辦民間性報刊的大量出現並產生空前影響，是在甲午戰爭中國慘敗、維新變法思潮興起之後。這是中國近代歷史文化變遷過程中一個十分重要的轉捩點。戈公振曾具體描述甲午戰爭至戊戌變法前後中國報業的巨大變化說：

---

1　戈公振：《中國報學史》（臺北市：臺灣學生書局，1982年），頁87。

吾前不云乎,「我國人民所辦之報紙,在同治末已有之,特當
時只視為商業之一種,姑試為之,固無明顯之主張也。其形式
既不脫外報窠臼,其發行亦多假名外人。」故由鴉片戰爭以迄
戊戌政變,其時期舉為外報所佔有。[2]

以龐大之中國,敗於蕞爾之日本,遺傳惟我獨尊之夢,至斯方
憬然覺悟。在野之有識者,知政治之有待改革,而又無柄可
操,則不得不藉報紙以發抒其意見,亦勢也。當時之執事者,
念國家之阽危,懍然有棟折榱崩之懼,其憂傷之情,自然流露
於字裏行間。故其感人也最深,而發生影響也最速。其可得而
稱者,一為報紙以捐款而創辦,非以謀利為目的;一為報紙有
鮮明之主張,能聚精會神以赴之。斯二者,乃報紙之正軌,而
今日所不多覯者也。[3]

　　民間創辦報刊風氣的興起,給中國近代社會文化各個方面帶來了
日益深刻的變化。僅就近代文學諸文體而言,由於傳播方式的重大變
革,隨之出現了創作與接受等諸多環節的明顯變化。中國近代文學經
過半個世紀的發展變遷,到此時,第一次面臨著如此深刻的傳播媒介
的重大變化,文學家的創作心態、創作方式、創作過程,讀者與觀眾
的接受途徑、期待視野等等,都出現了幾乎全新的情況。

　　在如此重要的文化變革與文學變遷過程中,近代文學諸文體各個
方面發生一些從未有過的新變化,出現一些以前從未有過的新現象,
無論就其文體內部而言還是就其所處的文化環境而言,都是必然的。
作為中國近代文學的重要組成部分之一的嶺南近代文學也是如此,而

---

2　戈公振:《中國報學史》(臺北市:臺灣學生書局,1982年),頁130。
3　同上書,頁235。

且相當集中地反映了文學創作的發展變遷與傳播媒介的轉變之間的密切關係。

甲午戰爭至戊戌變法時期，不僅大量的文學報刊迅速出現並產生日益廣泛的影響，顯示出空前的生機和活力，如《新小說》、《月月小說》、《繡像小說》、《小說林》、《小說月報》、《小說叢報》、《小說新報》、《小說世界》、《小說海》、《二十世紀大舞臺》和《著作林》等，都在近代文學發展中起著重要的作用；而且，許多政治性較強的報刊幾乎都成為刊載文學作品的重要陣地，反映了維新派和革命派人士從政治改革的角度大力鼓動文學改革的意圖，如以宣傳維新變法為主旨的《新民叢報》、《大陸報》、《無錫白話報》，宣導民主革命的報刊如《民報》、《復報》、《覺民》等等。留學生創辦的報刊內容十分豐富，如改良桑梓促國人覺醒，介紹外國社會科學與自然科學，介紹法律常識以助祖國立憲，提倡女子教育、宣傳女權思想等都是比較突出的內容。《浙江潮》、《江蘇》、《河南》、《遊學譯編》與《法政學交通雜誌》等都是刊載通俗文學作品的重要雜誌。

這些報刊的創辦並日益產生重要影響，以及由此帶來的文化傳播途徑與傳播方式的一系列深刻變革，對嶺南近代文學的發展也產生了重要的影響；而且，這些變革運動的參與者中就有為數不少的嶺南籍文學家。於是，嶺南近代文學的變化發展與整個中國近代文學的變革發生了非常密切的關係；更確切地說，嶺南近代文學諸文體題材內容與美學風格的種種變化與發展，從一個重要而獨特的角度反映著中國近代文學的歷史性變革。

從總體上考察傳播媒介的變化與嶺南近代文學發展之間的關係，可以看到一個比較突出的現象，就是從鴉片戰爭到甲午戰爭大約半個世紀的時間裏，雖然政治文化環境已開始發生愈來愈深刻的變化，透露出日益明顯的近代文化特徵，但總的說來，文學創作和文學傳播媒

介更多地表現為繼承傳統、延續以往方式的特點,特別是與清代中葉以前的文學創作和文學傳播有著非常密切的關聯。此期的嶺南文學尚未發生帶有明顯近代文化色彩的變化。

到了戊戌變法時期以後,隨著整體文化環境空前深刻的變化,文學創作出現了空前繁榮的局面,形成了一個引人注目的文學發展高潮。報紙雜誌大量湧現,文學傳播方式發生了具有革命意義的變化,顯示著嶺南近代文學的發展進入了一個嶄新的歷史時期。這種情況,與整個中國近代文學的發展狀況和傳播方式的變遷也基本上是一致的。

概括地說,由於傳播途徑和傳播方式的變革,嶺南近代文學發生了多方面的變化。文學題材比以前有了更加明顯的擴展,愈來愈與近代中國社會文化的許多重要方面密切相關,反映著社會變革的一些主要方面;許多有代表性的作品更加充分而集中地傳達出中國近代文學反帝反封建、救國救民的時代主題,文學愈來愈自覺地成為時代變革和文化變遷的重要輿論工具。與此相聯繫,文學風格也發生著明顯的變化,一方面日益走向風格的多樣化,展示著嶺南近代文學風格的豐富性;另一方面,逐漸形成了以雄直率真、質樸明快為主導風格的文學特色,顯示出比較獨特的文學風貌。在文學語言方面,嶺南近代文學也基本上走著一條漸趨通俗化、口語化的道路,與整個中國近代文學語言的發展趨勢一樣,成為中國文學語言從古典走向現代的重要過渡。

下面從幾種重要文體的變遷中探討嶺南近代文學的發展與傳播媒介之近代革新的關係,以便從文學傳播和接受的角度考察嶺南近代文學的歷史軌跡。

## 二　詩詞與報刊傳播

　　從中國近代詩歌的發展來看，由於嶺南地區在中國近代文化變革中經常處於得風氣之先的重要地位，嶺南詩歌也具有昭示中國近代詩歌發展變化趨向的意義。這種新動向在近代初期的嶺南詩歌創作中就開始表現出來，無論題材類型還是藝術風格與語言特點，都比較清晰地反映了這一點。而且，隨著近代的文化變遷和文學發展，嶺南詩歌的發展變革也逐漸形成了自己的特色，其意義和地位也愈來愈重要，往往在許多方面代表著整個中國近代詩歌的基本特徵。但是，從傳播媒介和傳播方式的角度來看，嶺南文學在步入近代以後最初半個世紀左右的時間裏，尚未出現重大的變化，大多數文學作品的傳播仍然以傳統方式為主，近代文化和文學傳播的新特點還沒能充分展現出來。與整個中國近代文學傳播方式的變革相似，嶺南近代文學傳播媒介與傳播方式真正發生明顯的變化，出現近代式的以報刊傳播為主的傳播方式，還是到了戊戌變法時期以後。嶺南近代詩歌的傳播途徑與傳播方式也大致如此。

　　雖然嶺南地區得近代變革風氣之先，外國人和中國人所辦的報紙、雜誌在近代前期就已出現並具有一定的影響，對推動文化和文學的發展變革起到了重要作用，也部分地改變了文學的傳播方式和發展軌跡，顯示出文學傳播和文學面貌的重要變革。但是從總體上看，近代前期文學傳播媒介與傳播方式的改變尚未形成較大的規模，還沒能產生廣泛的影響。到了甲午戰爭以後，慘敗的殘酷現實和慘痛教訓驚醒了愈來愈多的中國人，有識之士深刻地認識到，除了勵精圖治、變更法度一途之外，難以尋找到其它任何救國救民、擺脫亡國危難的辦法了。於是，變法思想和改革思潮迅速興盛，日益為廣大關心國事民瘼的各界人士所認同。維新變法思潮的興起，大大促進了文學的繁榮

發展，近代文學的各個方面從此時起發生了深刻的變化，文學的發展高潮也從這時起開始出現。

在這一系列的文學變革過程中，嶺南文學始終處於非常重要的地位。也是從這時起，嶺南近代文學迎來了創作的高度繁榮和傳播方式的重大變革，其最重要的標誌就是報刊的大量出現並大量發表文學作品。許多重要的報刊都發揮著重要的作用，如《清議報》、《新民叢報》、《新小說》和《月月小說》等都發表了大量反映時代變革的詩詞，形象地記錄了近代中國社會文化與政治思潮的新動向。這些作品不僅反映出嶺南近代文學題材的重大變革，而且表現出比較獨特的風格特色，展現出新穎的藝術風貌。

《清議報》（1898年12月-1901年12月）曾經開闢「詩文辭隨錄」專欄，相當集中地發表以戊戌變法為主題或是與變法維新密切相關的詩詞作品，從一個重要的角度反映了變法維新運動中的某些歷史事實和變法失敗之後的某些情況，真實地表現了一批變法維新志士的內心感受，特別是政變發生、變法失敗後的思想情感。變法維新運動的一批著名政治家也就是該刊的主要詩詞作家；「詩文辭隨錄」這一專欄也成為集中發表「新派詩」作品、展示「詩界革命」創作實績的一個重要視窗。

康有為《戊戌八月國變紀事四首》之一寫道：「歷歷維新夢，分明百日中。莊嚴對溫室，哀痛起桐宮。禍水滔中夏，堯臺悼聖躬。小臣東海淚，望帝杜鵑紅。」[4]仍然是對維新運動的深深懷念，對變法失敗的惋惜之情溢於言表，其中也透露出作者不甘失敗的情緒。康有為署名「西樵樵子」的一首《哭烈士康廣仁》，既是對戊戌六君子之一、自己族弟康廣仁的悼念，更是對同道者犧牲生命而事業未成的感

---

4　《清議報》第一冊（北京市：中華書局，1991年影印本），頁61。

慨：「李杜銜冤死別離，東京氣節最堪師。汝南郭亮今何在，愧我無
能敢葬屍。」[5]在《心不死》一詩中，康有為表現了可貴的永不言
敗、繼續奮鬥的執著精神，而且號召全國民眾繼承為國捐軀的六君子
的遺志，不應死心，不應喪失奮鬥到底的決心。他寫道：「敗不憂，
成不喜，不復維新誓不止。六君子頭顱血未乾，四萬萬人心應不
死。」[6]他的《戊戌八月國變紀事八首》也是以紀事筆法反映戊戌變
法中重要事件的作品。他的《聞浙事有感》寫道：「淒涼白馬市中
簫，夢入西湖數六橋。絕好江山誰看取，濤聲怒斷浙江潮。」[7]不僅
是對浙江局勢的關注，更重要的是以此表現對國家前途與命運的憂
患。他的《居丹將敦島》之一也寫道：「燃燈夜夜放光明，打浪朝朝
起大聲。碧海青天無盡也，教人怎不了無生。」[8]而《聞菽園欲為政
變小說詩以速之》有云：「聞君董狐托小說，以敵八股功最深。衿纓
市井皆快睹，上達下達真妙音。方今大地此學盛，欲爭六藝為七
岑。」[9]此詩反映了康有為對小說等通俗文學樣式的重視，透露出比
較新的文學觀念；此詩也可以說是一篇具有相當影響的文學理論批
評，與這一時期梁啟超等人重視小說的思想有著明顯的一致性。可以
說，此詩是後來正式提出「小說界革命」口號的理論先導。

　　戊戌變法失敗，梁啟超流亡海外之後，關心國家安危的情懷、渴
望民族振興的呼號始終是他文學創作和其它活動、各種努力的主導內

---

5　《清議報》第四冊（北京市：中華書局，1991年影印本），頁250。

6　同上。

7　《清議報》第十冊（北京市：中華書局，1991年影印本），頁635。

8　《清議報》第九十四冊（北京市：中華書局，1991年影印本），頁5902。

9　《清議報》第六十三冊（北京市：中華書局，1991年影印本），頁4047。筆者按：
　　此詩後編入《萬木草堂詩集》卷五《大庇閣詩集》，題為《聞菽園居士欲為政變說
　　部詩以速之》，詩之字句亦有改動。見《萬木草堂詩集》（上海市：上海人民出版
　　社，1996年），頁124-125。

容。這一點，從發表於《清議報》的詩詞作品中可以非常清楚地看到。梁啟超在日本寫下的《遊箱根浴溫泉作》、《羯南湖村招飲上野之鶯亭以詩為令強成一章》等詩，儘管是遊覽所作或是應酬所作，但其中最為突出的內容仍然是對國家民族命運的關注。他的《太平洋遇雨》表現的是在大難餘生的境況下仍然不斷努力、不懈追求的精神。詩云：「一雨縱橫亙二洲，浪淘天地入東流。卻餘人物淘難盡，又挾風雷作遠遊。」[10]他的另一首詩《東歸感懷》寫道：「極目中原暮色深，蹉跎負盡百年心。那將涕淚三千斛，換得頭顱十萬金。鵑拜故林魂寂寞，鶴歸華表氣蕭森。恩仇稠疊盈懷抱，撫髀空吟梁父吟。」[11]在對變法維新運動失敗的無可奈何的歎息惋惜中，集中表現的依然是不肯放棄、不甘消沉的滿腔熱情。

梁啟超的另一些詩作，如《紀事二十四首》、《鐵血》和《澳亞歸舟雜興》等，也從不同角度反映了梁啟超這一時期的非凡心境和情感狀態。他的《自勵二首》之二寫道：「獻身甘作萬矢的，著論求為百世師。誓起民權移舊俗，更擎哲理牖新知。十年以後當思我，舉國猶狂欲語誰？世界無窮願無盡，海天寥落立多時。」[12]非常突出地反映了梁啟超一貫樂觀向上、進取昂揚的人生態度和精神狀態，表現了矢志不渝、救國救民的堅定信心；值得注意的還有，詩中運用了一些近代以來出現並逐漸流行的新名詞。這既是近代「詩界革命」所推重的「新派詩」的重要特徵，也反映了作者思想意識發生的深刻變化。通俗明快、形式自由的《志未酬》，更是在「詩界革命」理論主張的影響下，「新派詩」發展趨勢的集中代表。詩云：「志未酬，志未酬，問君之志幾時酬？志亦無盡量，酬亦無盡時。世界進步靡有止期，吾之

---

10 《清議報》第五十四冊（北京市：中華書局，1991年影印本），頁3507。
11 同上。
12 《清議報》第八十二冊（北京市：中華書局，1991年影印本），頁5202。

希望亦靡有止期。眾生苦惱不斷如亂絲，吾之悲憫亦不斷如亂絲。登高山復有高山，出瀛海更有瀛海。任龍騰虎躍以度此百年兮，所成就其能幾許？雖成少許，不敢自輕。不有少許兮，多許奚自生？但望前途之宏廓而寥遠兮，其孰能無感於餘情？吁嗟乎！男兒志兮天下事，但有進兮不有止，言志已酬便無志。」[13]他的《舉國皆我敵》、《京津大亂乘輿出狩北望感懷十三首》等也體現了同樣的思想傾向和藝術追求，也是此時期值得注意的作品。

梁啟超在《清議報》上發表的詞作中，也表現了同樣的思想情緒和創作風格。由於文體形式的不同，憂國憂民的情感，苦悶無緒的心情，在一些詞作中的表現比在詩歌中顯得更加充分、更加細膩。梁啟超曾自言不善為詩，這當然是與他的文章寫作相比較而言的；另一方面，與詩歌相比，他的詞作就更加少。他在《蝶戀花·己亥春作》中寫道：「法界光明毛孔吐，樓閣譚譚，帝網無重數。渺渺化身何所住，百千萬劫尋來路。蹴踏金輪披垢膩，除卻泥犁，那有莊嚴土？熱血一腔誰可語，哀哀赤子吾同與。」[14]從遣詞用語的角度來看，詞中運用了不少佛教語彙及其它新詞語，也相當明顯地帶有「詩界革命」初起時某些「新派詩」的特徵。他的另一首詞《羅敷豔歌·春寒》則寫得更加婉約細膩，傳達出處於逆境之中的一種難以言說的百無聊賴、無可奈何的情緒：「沉沉一枕扶頭睡，直到黃昏，猶掩重門，門外梨花有濕痕。熏篝蕭瑟爐煙少，不道衣單，卻道春寒，細雨濛濛獨倚闌。」他的《鬲溪梅令（乙未春）》也是類似之作：「淒涼花事一春遲，苦尋思，袖口香寒摘得最繁枝，江南持與誰？溶溶黃月浸愁漪，夜寒時，一例夢煙愁雨我憐伊，春闌花未知。」[15]從這些作品中，不

---

13 《清議報》第一冊（北京市：中華書局，1991年影印本），頁6465。
14 《清議報》第八十五冊（北京市：中華書局，1991年影印本），頁5379。
15 《清議報》第一百冊（北京市：中華書局，1991年影印本），頁6471-6472。

僅可以感受到梁啟超當時複雜的情感和心境，而且可以認識他多方面
的藝術才能和靈活多變的藝術風格。

《清議報》第一百冊還發表了黃遵憲的一首題為《香港》的詩，
這也是該刊發表的惟一一首人境廬詩。詩云：「水是堯時日夏時，衣
冠又是漢官儀。登樓四望真吾土，不見黃龍上大旗。」[16]此詩今存於
黃遵憲詩集《人境廬詩草》卷五，題為《到香港》，是黃遵憲光緒十
一年（1885）從美國歸來經過香港時所作，集中表現了目睹香港發生
的巨大變化時的心理感受，尤其是對香港已經淪為英國殖民地的感
慨，詩人的傷時憂國情懷歷歷可見。雖然僅此一首，但是被譽為「詩
界革命」最高創作成就之代表的黃遵憲的詩歌特色，還是得到了一次
展現的機會。

作為宣傳維新變法政治主張重要理論園地的《新民叢報》（1902
年2月-1907年11月），也相當重視發表文學作品，以此作為政治宣傳
的重要手段。為了進行詩歌改革的努力，《新民叢報》特闢「詩界潮
音集」專欄，專門發表「新派詩」作品，成為繼《清議報》「詩文辭
隨錄」之後又一塊展示「詩界革命」成績的園地，在近代詩歌改革過
程中發生了更加廣泛的影響。從總體上看，「詩界潮音集」中發表的
詩歌作品，較之此前的「詩文辭隨錄」，無論是在詩歌的思想主題、
主要內容方面，還是在詩歌風格、語言特點方面，都更加充分地展示
了在「詩界革命」的理論宣導下，「新派詩」所取得的突出成就，使
這一大膽而新穎的詩歌探索走上了更加堅定、更有成效的道路。

梁啟超既是「詩界革命」最早最有力的理論宣導者，又是「新派
詩」創作的積極實踐者。他發表於該刊的大量詩歌有力地說明了這一
點。他的《二十世紀太平洋歌》開頭有云：「亞洲大陸有一士，自名

---

16 同上書，頁6469。

任公其姓梁。盡瘁國事不得志，斷髮胡服走扶桑。扶桑之居讀書尚友既一載，耳目神氣頗發皇。少年懸弧四方志，未敢久戀蓬萊鄉。誓將適彼世界共和政體之祖國，問政求學觀其光。乃於西曆一千八百九十九年臘月晦日之夜半，扁舟橫渡太平洋。」[17]自述乘船由日本赴夏威夷途中行駛於太平洋上的感受，作者在戊戌變法失敗之後的心境也部分地流露出來。發表於《新民叢報》第三號上的《廣詩中八賢歌》從梁啟超對同時代詩人的評論中，可見他與當時一些重要詩人的交往，也可以從中認識他的詩歌理論主張，成為《飲冰室詩話》等專門的詩歌理論著作的重要補充。

以近代新事物、新名詞入詩以表現新的思想、新的認識，也是「新派詩」的重要特點之一。梁啟超《遊春雜感》四首寫到了近代以來出現的新事物，其三所寫即為今天的自行車，詩云：「出郊淩雨馬無力，賭墅看花人未歸。一春流潦苦妨轂，自由車合秋扇悲。（自由車俗名腳踏車。本約二三子斗車為竟日遊，屢次陰雨，行不得也哥哥。）」[18]《讀陸放翁集》四首通過對南宋詩人陸遊壯志難酬遭遇的回顧，充分表達了梁啟超在戊戌變法失敗後報國無門、迴天無力的感情。在梁啟超看來，懷才不遇的陸遊和流亡海外的自己，有著非常相似的人生經歷和內心情感，在這樣的境況和心境之下讀陸遊的詩，就分外容易引發強烈的共鳴。其一寫道：「詩界千年靡靡風，兵魂銷盡國魂空。集中什九從軍樂，亙古男兒一放翁。（中國詩家無不言從軍苦者，惟放翁則慕為國殤，至老不衰。）」[19]這些詩作，都實踐著梁啟超提出的「詩界革命」主張。

---

17　《新民叢報》第一號，《新民叢報類編》本，頁109。

18　《新民叢報》第七號，《新民叢報類編》本，頁92-93。

19　《新民叢報》第八號，《新民叢報類編》本，頁94-95。

　　梁啟超以「少年中國之少年」的筆名發表的《愛國歌四章》之一
寫道：「泱泱哉，我中華，最大洲中最大國，廿二行省為一家，物產
腴沃甲大地，天府雄國言非誇。君不見，英日區區三島尚崛起，況乃
堂喬吾中華。結我團體，振我精神，二十世紀新世界，雄飛宇內疇與
倫。可愛哉我國民，可愛哉我國民！」[20]這已經是相當通俗明快的新
式詩歌了，反映了「詩界革命」的理論宣導和「新派詩」的創作實踐
取得了重要的進步。

　　梁啟超在作於光緒二十五年（1899）的《汗漫錄》中正式提出了
「詩界革命」和「文界革命」口號，指出：「欲為詩界之哥侖布、瑪
賽郎，不可不備三長：第一要新意境，第二要新語句，而又須以古人
之風格入之，然後成其為詩。不然，如移木星、金星之動物以實美
洲，瑰偉則瑰偉矣，其如不類何！若三者具備，則可以為二十世紀支
那之詩王矣。」[21]這也就是後來他在《飲冰室詩話》中所說的「獨闢
新界而淵含古聲」[22]，「鎔鑄新理想以入舊風格」[23]，或者「以舊風格
含新意境」[24]。可見梁啟超此期的詩歌創作實踐與「詩界革命」理論
宣導之間的相關性和一致性。

　　詩歌流派的興起，詩壇風氣的轉變，往往需要眾多詩人比較長時
間的共同努力，需要理論宣導和創作實踐的協同發展。中國近代文學
史上「詩界革命」和「新派詩」的實踐也說明了這一點。在這一發生
了深遠影響的詩歌改革運動中，嶺南籍詩人發揮了非常重要的作用。

---

20 《新小說》第一號（上海市：上海書店，1980年複印本），頁183。
21 梁啟超：《汗漫錄》，鍾叔河主編：「走向世界叢書」之《歐洲十一國遊記二種‧新
　　大陸遊記及其它‧癸卯旅行記‧歸潛記》（長沙市：嶽麓書社，1985年），頁593。
22 梁啟超著，舒蕪校點：《飲冰室詩話》（北京市：人民文學出版社，1959年），頁1。
23 同上書，頁2。
24 同上書，頁51。

《新民叢報》的「詩界潮音集」中發表的作品就是一個比較清楚的說明。這裏刊載的嶺南詩人的作品，不僅數量眾多，而且相當出色，產生著重要的影響。

羅惇曧以「癭公」之名發表的《聞吾鄉太守得官喜而成此某學使亦同時被薦而榮瘁各殊有命也》二首之一寫道：「少年藉甚蓬山譽，海內爭傳有諫書。起廢幾人誇異數，求伸終竟荷真除。槁顏尚憶經師貴，屈膝常寬禮節疏。十載主賓懷舊念，也應重食武昌魚。」[25] 雖是由他人之官場榮瘁沉浮而發之感慨，卻蘊含著一種相當普遍的人生道理，作者對仕途人生的認識也從中可見。麥孟華是康有為的著名弟子之一，也是維新變法運動中的重要人物之一，曾與梁啟超一起主辦《清議報》。他署名「蛻庵」的《感事》二首之一寫道：「暗暗三年陰翳日，密雲不雨自西郊。聖軍未決薔薇戰，黨禍驚聞瓜蔓抄。天動殺機龍戰野，春殘阿閣鳳辭巢。美新文字人傳誦，卻有揚雄善解嘲。」[26] 其《辛丑歲暮雜感》五首之四云：「興亡與有匹夫責，溫飽原非志士心。鷹未下韝思一擊，駿雖市骨值千金。劇憐座上焦頭客，誰識隆中抱膝吟。三十功名應未老，黑頭不受二毛侵。」[27] 這些詩作，相當突出地體現了「新派詩」的特色，尤其重要的是表現了對維新變法失敗後時局的關注與憂慮，對懷才不遇、壯志難酬的不平；而詩中運用的為數不少的新名詞、新術語，更讓人有耳目一新、頗為清爽之感。麥孟華還在《新民叢報》上發表了《惺庵感式微之詩斷取其語為詩八章哀感頑豔悱惻動人蛻庵讀而悲之輒亦繼作河上之歌不自知其幽抑也》、《送高山孝入都》等詩，麥孟華之弟麥仲華也有《讀惺庵作感不絕於餘心酒後耳熱起而繼聲勞者自歌工拙所不計也》之作，康有為則

<hr>

25　《新民叢報》第十號，《新民叢報類編》本，頁99。

26　同上。

27　《新民叢報》第十三號，《新民叢報類編》本，頁91。

發表了《六哀詩》，表達對戊戌變法失敗的沉痛感情和對犧牲的同道者的深切懷念。

　　黃遵憲作為「詩界革命」的一面旗幟，作為「新派詩」的最早提出者和積極實踐者，在詩歌理論和創作實踐上都取得了令人矚目的成就，代表著詩歌改革和新詩創作的發展方向。他的一些重要詩作發表於《新民叢報》的「詩界潮音集」專欄中，對推動詩歌改革的發展起到了重要的作用。《番客篇》、《度遼將軍歌》、《聶將軍歌》、《不忍池晚遊詩》、《赤穗四十七義士歌》、《烏之珠歌》、《逐客篇》、《降將軍歌》、《櫻花歌》以及《俠客行》等都曾在這裏刊載過。現引黃遵憲《海行雜感》中的二首詩如下：「星星世界遍諸天，不計三千與大千。倘亦乘槎中有客，回頭望我地球圓」；「拍拍群鷗逐我飛，不曾相識各天涯。欲憑鳥語時通訊，又恐華言汝未知」。[28]由這些詩作中可見他於光緒三年（1877）赴日本時的喜悅心情和微妙心態。黃遵憲的另一首詩《酬曾重伯編修並示蘭史》云：「廢君一月官書力，讀我連篇新派詩。風雅不亡由善變，光豐之後益矜奇。文章巨蟹橫行日，世界群龍見首時。手挈芙蓉策虯駟，出門惘惘更尋誰？」[29]此詩後來編入《人境廬詩草》卷八，題《酬曾重伯編修》。就是在這首詩中，黃遵憲提出了「新派詩」一詞。這一名詞後來成為近代詩壇一個重要的詩歌流派或詩歌種類的名稱，可見其深遠影響和重要意義。

　　潘飛聲是維新變法運動中的重要人物之一，也是「詩界革命」的同路人和「新派詩」的積極實踐者。《新民叢報》的「詩界潮音集」中刊載了潘飛聲的多首詩作。他以「劍公」之名發表的《酬蔣觀雲》

---

28　《新民叢報》第二十七號，《新民叢報類編》本，頁106。

29　《新民叢報》第三年第四號，《新民叢報類編》本，頁94；又見《人境廬詩草》卷八（北京市：商務印書館民國二十年（1931年），頁16。詩題作《酬曾重伯編修》，第三句「善變」為「善作」。

之一云：「一佛居然出世來，現身說法講堂開。阮狂賈哭歸憂國，虎跳龍拏識異才。惠我劖書珍白璧，感君琴別老黃埃。風濤廿紀蒼生厄，援手齊登大舞臺。」[30]從思想內容到藝術風格，從遣詞用語到情感表達，都可以說是典型地受到「詩界革命」理論主張影響而創作的「新派詩」。同為「劍公」的《二十世紀之梁父吟》也集中體現了這樣的風格特色和思想特點。而且，由於這種詩歌體裁的特殊性質，這些作品的風格更加明快自然，語言更加通俗曉暢，更具有接近廣大民眾、走向民間的趨向。試看其中的兩首：其一云：「匹夫當有濟時心，閉戶高吟梁父吟。秋菊落英木蘭露，夕餐朝飲滌塵心。」其二云：「神州盧孟化身多，莊力千鈞一笑呵。可奈民心終不察，靈修浩蕩怨如何。」[31]此外，《新民叢報》所刊潘飛聲的詩歌作品還有《暮春雜詠》、《默坐有得成詩七章度己度人以當說法》、《讀不可思議解脫經口占五偈》、《興亡用因明子菊花韻》、《憂群》、《讀招魂大招篇》、《爭存》、《登衛城懷古》、《不肖》、《感春八章》、《蘭》和《癸卯正月初二日對雪寫感》等。這些作品既比較充分地體現了作者詩歌創作的風格特色，又展示了「詩界革命」運動中「新派詩」創作的突出成績。

梁啟超在日本橫濱創辦的《新小說》（1902年11月-1906年1月），不僅是「小說界革命」最重要的園地，也是「詩界革命」的重要視窗之一。它專門開闢了一個「雜歌謠」專欄，發表了許多位詩人的大量「新派詩」作品，從一個重要角度展示了「詩界革命」的突出成就。《新民叢報》和《新小說》對促進詩歌改革，促進以詩歌宣傳維新變法與啟發民智，形成具有鮮明特點和時代色彩的「新派詩」風格，改變當時以守舊模擬為主的詩壇風氣，都具有重要的意義。

---

30　《新民叢報》第十三號，《新民叢報類編》本，頁92。
31　《新民叢報》第三十號，《新民叢報類編》本，頁101。

戊戌變法失敗後，黃遵憲險遭不測，經多方努力，最後被「放歸」——辭職還鄉，算是從輕發落。政治上窮途末路的黃遵憲，並沒有改變一貫的執著向上、努力進取的人生態度。文學上的不懈努力和探索追求是他鄉居時期最重要的生活內容之一。晚年鄉居時期不僅是黃遵憲詩歌創作的又一個高潮期，無論思想成就還是藝術成就均如此。而且，在經歷了這場政治風雲的變幻，目睹了封建頑固派的愚腐守舊之後，他在詩歌創作中更加注重「詩史」之作的寫作，用詩歌形象地反映近代社會的歷史變遷，記載國家民族種種非凡奇特的經歷。在早年提出的「我手寫我口，古豈能拘牽」[32]、中年提出的「廢君一月官書力，讀我連篇新派詩」[33]等著名主張之基礎上，繼續進行「新派詩」的探索。而且，思想更加明確，主張更加具體，詩歌的形式和內容更加貼近時代的要求，特別注重詩歌的通俗化和口語化，真正讓各個年齡層次和文化層次的讀者都能夠順利接受，發揮詩歌的情感教育作用和鼓舞民氣、陶冶同胞的功能。

這一時期刊載於《新小說》雜誌上的人境廬詩就非常充分地說明了這一點。黃遵憲以「嶺東故將軍」筆名發表的《出軍歌四章》就是寫給軍人的詩歌，具有強烈的激發國恥、鼓舞士氣、振奮軍威的作用。其一寫道：「四千餘歲古國古，是我完全土。二十世紀誰為主？是我神明胄。君看黃龍萬旗舞。鼓鼓鼓！」[34]黃遵憲還寫有供少年兒童歌唱的《幼稚園上學歌》，體現了一貫的重視教育下一代的思想。其一云：「春風來，花滿枝，兒手牽娘衣。兒今斷乳兒不啼，娘去買棗梨，待兒讀書歸。上學去，莫遲遲。」其三云：「天上星，參又

---

32 黃遵憲：《雜感》，《人境廬詩草》卷一（北京市：商務印書館，1931年），頁6。

33 黃遵憲：《酬曾重伯編修》，《人境廬詩草》卷八（北京市：商務印書館，1931年），頁16。

34 《新小說》第三號（上海市：上海書店，1980年複印本），頁173。

商。地中水，海又江。人種如何不盡黃？地球如何不成方？咋歸問我娘。娘不肯語說商量。上學去，莫倘佯！」[35]他以「拜鵑人」筆名發表的《五禽言》則表現了對曾經遭遇到的政治危險的恐懼，作者心有餘悸的情感依稀可見。其一寫道：「不如歸去，不如歸去！博勞無父鸚無母，生小零丁長艱苦，毛羽雖成不自主。歸去歸去歸何處？不如歸去。」[36]《新小說》雜誌發表的人境廬詩，再一次展示了黃遵憲這位「詩界革命」的積極參與者和「新派詩」主張的提出者在改革中國古典詩歌方面作出的巨大努力和取得的傑出成就，無論在當時的詩壇還是在後來的詩歌發展進程中，都發揮了非常重要的作用。

與黃遵憲積極寫作通俗明快、朗朗上口的兒歌的情形相似，著名詩人潘飛聲也曾從事這類詩歌的寫作並且取得了明顯的成功。《新小說》雜誌上就有他以「劍公」筆名發表的《新少年歌》，這些作品從內容到形式，與黃遵憲寫作的通俗歌詞都相當接近。其一寫道：「百花開，春風香；入學堂，春日長。春風如此香，春日如此長，新少年，讀書勉為良，讀書要自強。野蠻說自由，開口即荒唐。公德大可珍，私德亦宜將。父母之意不可傷，切勿逞我強權強。新少年，細思量。」其三寫道：「新少年，別懷抱；新世界，賴爾造。傷哉帝國老老老，妙哉少年小小小，勖哉前途好好好。自治乃文明之母，獨立為國民之寶。思救國，莫草草，大家著意鑄新腦，西學皮毛一齊掃。新少年，姑且去探討。」[37]這些作品，充分展現了「詩界革命」和「新派詩」的突出成就。從近代詩歌和嶺南詩歌發展的角度來看，這些通俗明快的作品，開啟了走向現代白話新詩的先河，在文學史上具有承前啟後的重要地位。

---

35 同上刊，頁184。

36 同上刊，頁157。

37 《新小說》第七號（上海市：上海書店，1980年複印本），頁158。

　　《新小說》雜誌發表的另外一些基本上可以認定為嶺南詩人所作
的作品，從另外一些方面展示了「詩界革命」和「新派詩」的成績，
特別是這些理論主張和創作實踐發生的廣泛影響，也具有重要的價
值。署名「東莞生」所作的歌行體長詩《汴梁行》號召廣東人盡快克
服自身的各種缺點，都是切中時弊之言，提倡從民族振興、國家前途
的高度思考問題，擺脫當時種種目光短淺的羈絆，為國家富強、民族
獨立真正作出貢獻。詩的後半部分寫道：「嗟我廣東人，春夢酣黃
粱。我有一言與君酌，急須獨立圖自強。自強之基本於學，理財法律
政治下至礦牧農工商。公等國民有責任，小用小效徐擴張。試睜醒眼
望世界，優勝劣敗理日昌。燕巢危幕魚戲釜，黃雀在後捕螳螂。請看
瓜分之圖轉瞬待破裂，英俄法德美日噬肉如餓狼。屆時告身換醉不可
得，嗟爾秀才舉人進士翰林至此不如洋侍仔。籲可傷，嗟我廣東人，
勸君且勿忙。金榜朱卷非功名，八股策論非文章。時俗謬解足一哂，
風水相命同荒唐。匹夫立志足救世，五洲名譽流無疆。今何時乎？流
血玄黃龍戰日，雞蟲得失真毫芒。悲哉嫫母無鹽不自愧，秋風打到東
南洋。我聞齒冷，我歌斷腸。作歌箴客復自悼，明日裹糧挾贄泛海求
師裏。」[38]此外，《新小說》中所載《粵謳新解》中寫到自由鐘、自由
車、天有眼、地無皮、學界風潮與鴉片煙等具有鮮明時代特點的內
容。珠海夢餘生的《粵謳新解心四章》有勸學、開民智、復民權、倡
女權、黃種病、離巢燕與人心死各題。凡此種種，都反映了近代中國
尤其是嶺南地區社會文化所發生的深刻變化及其給文學帶來的重要影
響，也透露出近代詩歌發展趨勢的重要信息。

　　作為小說刊物的《月月小說》（1906年10月-1909年1月），本不以
發表詩歌和散文為主要任務，實際刊載的詩歌和散文作品也極少，難
與《新民叢報》、《新小說》等雜誌相比。但是其第七號（1907年）曾

---

38 《新小說》第九號（上海是：上海書店，1980年複印本），頁168。

刊載吳沃堯《趼廛詩刪剩》，值得注意。這首先是因為吳沃堯不以詩歌著稱，他的詩歌作品較少為人們所注意；其次，這些詩歌可以增加一個認識嶺南近代詩歌的角度，對準確地認識嶺南近代詩歌成就，特別是「詩界革命」和「新派詩」的成績，具有不可忽視的價值。其《眺黃鶴樓故址》寫道：「僊人黃鶴好樓臺，幾輩登臨眼界開。一水便違憑弔願，半生曾許臥遊來。（黃鶴樓景為先曾祖遊蹤圖之一）蒼茫煙雨迷陳跡，多少山河共劫灰。名勝不留天地老，只今回首有餘哀。」[39]雖是一首遊覽感懷之作，特別是懷念先人，但從中仍然可見作者對於時事政局、國家命運的密切關注和深沉感慨。《舟過晴川閣》云：「舟過晴川偏不晴，篷窗雨打一聲聲。遊蹤圖最關心事，更倩伊誰畫得成。（此行貲斧貸自債家以遊蹤圖署券）」[40]主要寫自己相當貧窮的生活境況，透露出難以名狀的艱辛困苦之感，也反映了一個具有相當普遍意義的社會問題。《鸚鵡洲弔禰正平》一詩通過對富有個性和堅守氣節的禰衡的歌詠，表達作者的欽敬嚮往之情，作者的人生志向和生活追求從中亦可見一斑。此詩寫道：「衣冠不具便登堂，敢對群僚恣激昂。鳴鼓欲攻丞相罪，被身終是漢家裳。生當亂世原應殺，死到千秋敢避狂。鸚鵡洲原鸚鵡賦，傳人畢竟仗文章。」[41]

## 三　散文與報刊傳播

在中國傳統文學觀念和格局中，散文與詩一直處於非常重要的地

---

39　《月月小說》第七號，光緒三十三年三月望日（1907年4月27日）（上海市：上海書店，1980年複印本），頁239。

40　同上刊，頁239-240。

41　《月月小說》第七號，光緒三十三年三月望日（1907年4月27日）（上海市：上海書店，1980年複印本），頁240。

位，在很多時候被作為文學的正宗而受到高度重視。散文與詩的這種
正統地位，直到近現代文學變革完成的時候才發生了根本性的變化，
最集中地表現為小說和戲劇的地位逐漸提高，並佔據日益重要的位
置。與整個近代散文在中國近代文學格局中的重要地位一樣，嶺南近
代散文也是嶺南近代文學總體格局中的一個非常重要的方面，其意義
和價值當不在詩歌之下。

　　與詩歌方面發生的變革相似，嶺南文學在進入近代階段之後，散
文也較早發生了一系列帶有近代社會文化色彩和新的文學特徵的變
革。這種時代特色從鴉片戰爭時期的一些作品中就可以看出；而到了
洋務運動時期，嶺南近代散文已發生著日益深刻的變革，從內容到形
式，從風格到語言，都愈來愈明顯地帶有近代社會文化的時代特點。
從嶺南近代散文發展和整個中國近代散文發展的角度來看，這些重要
變革和時代特色，可以說是從嚴格意義上的古代散文向近代新體散文
過渡轉換的時期發生的。這也是從傳統古文走向近代新體散文的一個
必經階段。在這一時期裏，出現了為數眾多的散文家和相當出色的散
文作品。何如璋的《使東述略》、劉錫鴻的《英軺私記》、黃遵憲的
《日本國志》、鄭觀應的《盛世危言》等都是有相當影響的著作。

　　嶺南近代散文真正發生重大的變革，是以梁啟超為代表的一批政
治宣傳家型的散文作家的出現和「文界革命」口號的正式提出為標誌
的；而促使嶺南近代散文發生重大變革的一個最直接的因素，就是以
發表政論文及其它與現實政治密切相關的文章的大批報刊的出現。這
些報刊迅速成為這批新型散文作家發表作品的重要陣地。這種情況的
出現，不僅改變了散文從思想內容到藝術風格、從構思方式到語言形
式等各個方面的面貌，而且確立了眾多報刊在當時政治宣傳和文學宣
傳活動中的重要地位。一批傑出的散文家造就了眾多的報刊，這些影
響廣泛的報刊也造就了一個獨特的散文面貌，從而迎來了嶺南近代散

文發展的新時期。這一時期的代表性散文作家,是以梁啟超為中心的一批以維新變法主張為主導思想的具有強烈使命感和責任感的知識分子。他們在嶺南近代散文發展過程中取得了最為突出的成就,當之無愧地擁有最為突出的文學史地位。

　　維新變法失敗之後,隨著政治局勢和文化環境的深刻變遷,維新派在政治上的明顯弱點和保守性質愈來愈明顯地表現出來,於是便有了革命派政治家的崛起。與此相應,在散文方面也出現了革命派作家逐漸取代維新派作家並日益佔據主要地位的趨勢。這批年輕的政治活動家和散文家,以其徹底的革命性和戰鬥精神,開創了新的革命運動局面和散文創作局面,促使文章向著更加實用化、通俗化與口語化的方向發展,將維新派開創的新文體運動又向前大大推進了一步。革命派散文家的創作,成為嶺南近代散文乃至整個中國近代散文最後階段主要成就的明顯標誌。這些創作成績已經與五四運動時期的現代白話散文發生了密切的聯繫,有力地促進了嶺南散文和整個中國散文完成從古典走向現代的歷史性轉變。

　　「文界革命」的口號是梁啟超於光緒二十五年十一月(1899年12月)在《汗漫錄》中正式提出來的。梁啟超從在日本耳聞目睹的文化狀況和文學發展中獲得啟發,重視文學問題,並以此為思想基礎,思考中國文學改革的問題,包括散文的改革。他說:「餘既戒為詩,乃日以讀書消遣。讀德富蘇峰所著《將來之日本》及《國民叢書》數種。德富氏為日本三大新聞主筆之一,其文雄放雋快,善以歐西文思入日本文,實為文界開一別生面者,餘甚愛之。中國若有文界革命,當亦不可不起點於是也。蘇峰在日本鼓吹平民主義有功,又不僅以文豪者。」[42]這是他最早從理論上清晰地闡發關於散文改革思想的文

---

42　梁啟超:《汗漫錄》,鍾叔河主編:「走向世界叢書」之《歐洲十一國遊記二種・新大陸遊記及其它・癸卯旅行記・歸潛記》(長沙市:嶽麓書社,1985年),頁604。

字。實際上，早在這一理論主張正式提出之前，梁啟超就已經在創作
實踐上開始了散文改革的努力。他發表於《時務報》（1896年8月-
1898年8月）上的大批文章就是這種努力和探索的最好證明。維新變
法運動時期闡發維新派政治主張的許多文章就是首先發表於《時務
報》上的。這些文章比較系統地表明瞭維新派的政治理想和改革措
施。從中國近代散文發展史的角度來看，這些文章也是較早進行散文
改革的探索和嘗試。

梁啟超發表於《時務報》上的許多文章，無論從思想性還是藝術
性的角度來看，都可以說展現了「文界革命」時期「新文體」的基本
面貌，代表了散文改革初期的主要成就。這些文章主要有《論報館有
益於國事》、《變法通議》、《西學書目表序例》、《論中國積弱由於防
弊》、《論中國之將強》、《治始於道路說》、《戒纏足會敘》、《日本國志
後序》、《說群自序》、《論中國之將強》、《醫學善會序》、《知恥學會
敘》、《論君政民政相嬗之理》、《蒙學報演義報合敘》、《讀日本書目志
書後》、《倡設女學堂啟》和《南學會敘》等。從這些文章中可以看
出，不僅梁啟超關於維新變法的基本思想和主要理論已經確立，而
且，近代散文改革的重要成果之一「新文體」也已初具規模，自成面
目。可見《時務報》不論是在維新變法運動還是在近代散文改革運動
中，都發揮了重要的作用，應當具有重要的地位。

除梁啟超外，還有一些主張變法維新的政治活動家和散文家在
《時務報》發表過重要的散文作品。這些文章與梁啟超的文章一道，
對維新變法的理論宣傳和近代散文內容與風格的轉換都起到了重要的
作用。如麥孟華發表過《論中國宜尊君權抑民權》、《論中國變法必自
官制始》、《民義自序》、《尊俠篇》和《論中國會匪宜設法安置》等文
章；梁啟超的另一同道者徐勤也發表了《中國除害議》等文章。

《時務報》停刊之後，另一個重要的發表維新派政治宣傳家和散

文家文章的刊物就是《清議報》。它使以梁啟超的文章為典範的「新文體」發展得更加充分，也產生了更為廣泛的影響。儘管《清議報》（1898年12月至1901年12月）的創刊已經是在戊戌變法失敗之後，維新思潮在政治上已經遭到了一次重大打擊，但是以梁啟超為傑出代表的一批維新派人士不但沒有放棄政治變革的理論宣傳和社會活動，而且更加重視通過輿論工具來宣傳變法維新主張，更加重視「新文體」創作，使帶有鮮明時代色彩和創新風格的革新派散文在維新改良的政治宣傳中發揮更重要的作用，讓文學更出色地完成政治鼓動與理論宣傳的任務。

僅梁啟超一人在《清議報》上發表的新體散文就有《飲冰室自由書》、《論變法必自平滿漢之界始》、《論八月之變乃廢立而非訓政》、《愛國論》、《戊戌政變記》、《瓜分危言》、《論中國人種之將來》、《論中國與歐洲國體異同》、《少年中國說》、《汗漫錄》、《呵旁觀者文》、《過渡時代論》、《滅國新法論》、《國家思想變遷異同論》和《本館第一百冊祝辭並論報館之責任及本館之經歷》等。其中有的是鴻篇巨製、浩浩長文，也不乏最能代表梁啟超「新文體」特色並發生過廣泛影響的短小精悍之作。僅由此一點就可以認為，《清議報》對促進「文界革命」的發展，對「新文體」散文的創作，都發揮了非常重要的作用。

無論是就在「文界革命」運動中的影響和「新文體」散文的發表數量而論，還是就宣傳維新變法政治主張的廣泛周詳以及發生的實際效用而論，首屈一指的報刊都當推《新民叢報》（1902年2月-1907年11月）。可以認為，《新民叢報》的創辦，不僅將維新派的政治變革主張表達得更加全面而具體，闡述得更加細緻而深刻；而且，從嶺南近代散文和整個中國近代散文變革的角度來看，也可以認為，《新民叢報》是最全面、最充分地展示「新文體」特色和「文界革命」成績的

一家報刊，也是維新派政治活動家、理論宣傳家最後一次大張旗鼓地進行政治改革的努力，以維新派政治家為主體的「新文體」散文作家也是最後一次如此聲勢浩大地發表自己的文章。《新民叢報》不僅在嶺南近代散文轉換方面作出了突出的貢獻，是嶺南近代散文內容與風格轉變的一大關鍵，擁有特別突出的地位，而且在整個中國近代散文史上和文學史上，也應當佔有相當重要的地位，對整個中國近代文學的許多方面都發生了重要的影響。

在《新民叢報》發表的大量代表了「新文體」作風的散文作品中，不管是從數量來看還是從品質來看，都是梁啟超的文章最為引人注目。《新民叢報》時期是梁啟超一生散文創作歷程中成就最高、影響最大的時期，作品的數量和品質、效應和影響都達到了前所未有的水準。到了《新民叢報》時期，在此前的《時務報》、《清議報》等報刊的散文創作之基礎上，梁啟超在嶺南近代散文史上、在「文界革命」運動和「新文體」創作中的最重要地位，乃至在整個中國近代散文史、文學史上的顯赫地位，才真正確立下來。

梁啟超在《新民叢報》發表的文章數量眾多，種類豐富，內容廣泛，大致可以分為如下幾類。

其一，繼續闡發維新派的政治改革理想、宣傳變法維新政治主張及表達相關思想的文章。如《新民說》、《新民議》、《開明專制論》、《論立法權》、《中國不亡論》、《敬告我同業諸君》、《說希望》、《敬告當道者》、《敬告我國民》、《論學生公憤事》、《敬告留學生諸君》、《論中國國民之品格》和《餘之生死觀》等。

其二，與革命派刊物《民報》就是維新變法還是暴力革命、是君主立憲還是民主共和問題進行論爭的文章。如《答某報第四號對於本報之駁論》、《雜答某報》、《現政府與革命黨》、《申論種族革命與政治革命之得失》、《暴動與外國干涉》、《國家思想變遷異同論》、《論政府

與人民之許可權》、《再駁某報之土地國有論》和《保教非所以尊孔論》等。

其三，從當時的政治論爭和中國的現實問題出發，研究中外歷史的相關問題，從而表達政治主張和社會思想的文章。如《歷史上中國民族之觀察》、《中國專制政治進化史論》、《中國歷史上革命之研究》、《論俄羅斯虛無黨》、《俄羅斯革命之影響》、《日本預備立憲時代之人民》、《所謂大隈主義》、《中國法理學發達史論》、《論中國成文法編制之沿革得失》、《關稅權問題》、《中日改約問題與最惠國條款》、《論民族競爭之大勢》、《世界將來大勢論》、《讀〈今後之滿洲〉書後》、《哀西藏》、《朝鮮亡國史略》、《歐洲最近政局》、《世界史上廣東之位置》、《地理與文明之關係》、《亞洲地理大勢論》和《釋革》等。

其四，研究中外學術思想、介紹中外重要學術流派的文章。如《政治學學理摭言》、《論教育當定宗旨》、《宗教家與哲學家之長短得失》、《論佛教與群治之關係》、《格致學沿革考略》、《論學術之勢力左右世界》、《泰西學術思想變遷之大勢》、《論中國學術思想變遷之大勢》、《進化論革命者頡德之學說》、《近世文明初祖二大家之學說》、《法理學大家孟德斯鳩之學說》、《民約論鉅子盧梭之學說》、《樂利主義泰斗邊沁之學說》、《亞里斯多德之政治學說》、《近世第一大哲康德之學說》、《子墨子學說》、《生計學學說沿革小史》、《外資輸入問題》、《托辣斯》、《中國貨幣問題》、《新史學》、《斯巴達小志》和《雅典小志》等。

綜觀梁啟超一生的思想變化、政治活動和文學創作，光緒二十二年至光緒三十三年（1896-1907）間的十來年，是他作為一位維新派思想家、活動家最活躍的時期，也是他致力於文學活動最專注的時期。這一時期及以後，梁啟超的一切活動，用他自己的話說就是「益

帶政治的色彩」[43]。他回顧此期寫下的發表於報刊的大量散文時,把這些文章的語言特點概括為:「啟超夙不喜桐城派古文;幼年為文,學晚漢魏晉,頗尚矜煉;至是(引者按:指戊戌變法時期)自解放,務為平易暢達,時雜以俚語韻語及外國語法,縱筆所至不檢束;學者競傚之,號新文體;老輩則痛恨,詆為野狐。然其文條理明晰,筆鋒常帶情感,對於讀者,別有一種魔力焉。」[44]這種文體又稱時務文體、新民體或報章文體。其特點是平易暢達、條理明晰、筆鋒常帶情感;突破古文創作的一切家法,任意馳騁,意盡方止,不受任何束縛,打破了傳統古文、駢文、韻文的界限,熔單句、偶句於一爐,半文半白,半雅半俗;在語言材料上,以當時見諸報刊的書面語言為基礎,將俚語、韻語、外國語言的新詞彙與句式特點融入文章。

這種文體,確是一新國人耳目,風行一時,影響極為廣泛深遠。《新民叢報》發表的梁啟超的大量散文,就是其典型代表。其實,不僅散文如此,梁啟超此期的文學理論文章,詩詞,小說《新中國未來記》,傳奇《新羅馬》、《劫灰夢》和《俠情記》,廣東班本《班定遠平西域》,等等,都不同程度地帶有這種報章文體的特點。

除梁啟超外,還有幾位嶺南近代散文家也曾在《新民叢報》發表文章,並產生了一定的影響。如麥孟華發表了《歐美各國立憲史論》、《泰西教育沿革小史》、《法言》和《論法律與道德之關係》等文;梁啟超之弟梁啟勳發表了《國民心理學與教育之關係》、《論太平洋海權及中國前途》等文,都從不同的側面展示了「文界革命」和「新文體」的特點與影響,對促進嶺南近代散文的變革也具有一定的積極意義。

---

43 梁啟超:《清代學術概論》,林毅校點:《梁啟超史學論著三種》(香港:三聯書店有限公司,1980年),頁252。

44 同上書,頁253。

　　《民報》（1905年11月-1908年10月）是繼《新民叢報》之後的又一份發生了重大影響的報刊。作為代表當時最進步、最激進的政治力量資產階級民主革命派政治主張的報刊，《民報》與代表維新派政治主張的《新民叢報》相比，存在諸多明顯不同甚至相互對立的觀點；二者的政治觀念和政治理想當然不同，就是在文化主張方面也有著多方面的差異。

　　光緒三十一年至光緒三十三年（1905-1907），《民報》與《新民叢報》發生的那場關於是維新變法還是暴力革命、是君主立憲還是民主共和問題的論爭，其論爭之激烈，持續時間之久，影響之廣泛，都可以說是空前的。但是，從嶺南近代散文發展和演進的角度來看，《民報》與《新民叢報》二者之間還是存在著一定的相關性與連續性。雖然《民報》沒有明確地打出「文界革命」的旗號，也沒有清楚地表明走「新文體」散文的道路，但是，從散文發展和文學發展的連續性的角度來看，不能不認為，《民報》刊發的大量文章，從語言和形式上實際上將維新派主張的「文界革命」、創作的「新文體」散文又向前推進了一步，對嶺南近代散文完成從古典到現代的歷史轉換作出了重要的貢獻。也可以說，嶺南革命派散文家的散文創作，是嶺南近代散文發展過程中非常重要的最後一步，是嶺南近代散文順利完成向現代散文轉換的重要一環。這些文章結束了嶺南散文的舊時代，同時也開啟了嶺南散文發展的一個新時代。

　　在《民報》刊載的文章中，引人注目的如孫文所作的《發刊詞》；汪兆銘的一系列闡發革命派政治理想以及與維新派進行政治論爭的文章，如《民族的國民》、《希望滿洲立憲者盍聽諸》、《駁新民叢報最近之非革命論》、《駁革命可以召瓜分說》、《再駁新民叢報之政治革命論》、《滿洲立憲與國民革命》、《駁革命可以生內亂說》、《駁新民叢報第十二號》、《雜駁新民叢報》、《斥為滿洲辯護者之無恥》和《論

革命之趨勢》等；朱執信的《論滿政府雖欲立憲而不能》、《德意志社
會革命家小傳》、《英國新總選舉勞動者之進步》、《紀十一月四日東京
滿學生大會》和《賀希望督撫革命者之希望》等；胡漢民的《排外與
國際法》、《與國民新聞論革命黨書》與《就土耳其革命告我國軍
人》；等等。

　　孫中山、汪兆銘、朱執信和胡漢民都是革命派散文作家的傑出代
表。孫中山質樸自然、通俗曉暢、數量龐大的政論文章和演說辭，宣
傳三民主義的建國主張，描繪民主共和的政治理想，規劃中國經濟發
展的前景，表現了這位革命運動領導人一心為國為民的高尚情操和國
家必將振興富強的堅定信念。這些文章，是他革命活動的一個重要組
成部分，無論在思想上還是在藝術上，都可以作為革命派散文創作突
出成就的代表。孫中山的文章，無論是在當時還是在後來，無論是在
嶺南、在全國還是在海外，都產生了深遠的歷史影響。

　　汪兆銘一向以詩詞、文章、演說聞名，雖然他自己特別看重詩
詞，但早年的汪兆銘也是一個以文章名世的人物。特別是在革命派
《民報》與維新派《新民叢報》雙方進行的關於是民主共和還是保皇
立憲、是暴力革命還是變法維新的那一場論戰中，他在革命派中起到
了核心的作用。他出色的論辯才華和傑出的文章本領，都得到了非常
充分的展現。雙方論戰的結果，是維新派的輿論喉舌《新民叢報》於
光緒三十三年十月（1907年11月）停刊，而革命派和他們的《民報》
則大獲全勝。革命主張、共和理想更加深入人心，為革命高潮的真正
到來進行了有力的輿論宣傳和思想準備。汪兆銘與其它革命派人士一
樣，通過這次論戰，政治思想和文章才華都在當時和後來產生了重大
的影響。雖然汪兆銘後來走向了歷史的深淵，被有氣節的人們所不
齒，直至今天，人們也不能理解和寬恕他；但汪兆銘早年在革命運動
中的功勞不能不提，他出色的文學才華也難以抹殺。認為早年的汪兆

銘是清末民初嶺南文學史上革命派文學家的一位傑出代表，理應在嶺
南近代文學史上佔有一席重要的地位，恐不為過。

胡漢民亦以詩名世，陳衍曾在《石遺室詩話續編》中稱汪兆銘和
胡漢民為「粵東二妙」[45]，可見對二人的推重。胡漢民的政論文章也
以豐厚的學養和犀利的見解、奪人的氣勢和流暢的思路，在革命運動
的鼓動宣傳中發生了重要的影響。朱執信的大量政論文章，宣傳革命
思想與共和主張，批判封建專制統治，反對已經落伍了的維新派仍然
抱持的保皇立場，反對帝國主義，宣傳全世界人民的獨立和解放，贏
得了許多革命人士和愛國青年的喜愛。

## 四　小說與報刊傳播

一個相當明顯的文學史事實是，中國文學進入近代時期之後，各
個文體的發展呈現出較突出的不平衡狀態；也就是說，近代文學的不
同文體在反映近代新的社會歷史文化變革的過程中，表現出頗不相同
的情況。有的文體的變化發生得早些，而有的文體的變化則發生得遲
些。與此相聯繫，近代文學不同文體在進入新的歷史時期之後所經歷
的變革過程是頗不相同的，呈現出各有特色的發展形態，取得的成就
和達到的思想藝術高度也大不相同。

從總體上看，近代文學諸文體中，首先發生變革、比較清晰地透
露出近代色彩的是詩歌和散文，其次才是小說和戲劇。無論就嶺南近
代文學諸文體的情形而言，還是就整個中國近代文學諸文體的發展狀
況而言，大概都是如此。這種情形的出現，從文學發展的基本過程和
一般規律的角度來看，可以說是一個必然出現和必然經歷的過程。這

---

45 陳衍：《石遺室詩話續編》卷二，張寅彭主編：《民國詩話叢編》第一冊（上海市：
上海書店出版社，2002年），頁517。

既與中國近代文學不同文體之間的差異和各自特點密切相關，也與整個中國文學傳統中詩歌、散文與小說、戲劇的不同發展歷程和特點相關。

從嚴格的意義上說，嶺南近代文學中的小說和戲劇兩種以俚俗性和民間性為主要特徵的文學樣式，在中國近代文學史開始的時候，就或多或少地發生著一些變化，只是這些變化還沒能大規模地反映出來，特別是尚未形成足以產生廣泛影響的新的時代風貌。儘管如此，這些變革仍然具有不可或缺的意義，這些逐漸積累的新因素和新態勢，成為後來文學發展的必要準備和發展基礎。

與整個中國近代文學的基本情況一樣，嶺南近代文學真正發生重大的變革，透露出比較鮮明的近代色彩，是19世紀90年代中後期才正式開始的。準確地說，是到了甲午戰爭之後，特別是戊戌變法時期才開始的。小說和戲劇發生重大變革的最重要標誌，就是以梁啟超為傑出代表的一批政治宣傳家和文學家開始特別重視小說和戲劇，不僅明確地喊出了「小說界革命」的口號，宣稱「小說為文學之最上乘」[46]，在理論上提出了一系列改革小說戲劇的主張，而且在實踐上積極從事小說戲劇的創作，嘗試探索小說戲劇發展的新道路；他們還非常重視翻譯介紹外國的小說戲劇作品，打開了一扇瞭解世界文學的視窗。

在「小說界革命」的口號正式提出之前，在《清議報》上，就已經發表了翻譯小說《佳人奇遇》和《經國美談》等。這些翻譯小說在思想內容、藝術風格、人物塑造、語言特點等方面已經大不同於中國傳統小說，大開小說讀者的眼界，開始改變著傳統中國人對小說這一

---

46 梁啟超：《論小說與群治之關係》，《新小說》第一號，光緒二十八年十月十五日（1902年11月14日）（上海市：上海書店，1980年複印本），頁3；又見《飲冰室合集‧文集》之十（北京市：中華書局，1989年），頁7。

文學樣式的看法。從文學變革的連續性和階段性的角度來看，這些翻譯小說的出現，可以認為是嶺南近代小說和整個中國近代小說發生重大變革的先聲。

光緒二十八年十月十五日（1902年11月14日），由於變法失敗而流亡日本的梁啟超在橫濱創辦了《新小說》雜誌，這也是我國有史以來第一個專門的小說雜誌。在該雜誌的創刊號上，梁啟超發表了著名論文《論小說與群治之關係》。在這篇被譽為近代小說改革的綱領性文獻中，梁啟超正式提出了「小說界革命」的口號，並一掃傳統觀念中鄙夷小說的見解，宣稱「小說為文學之最上乘也」[47]，正式揭開了「小說界革命」的序幕。「小說界革命」是繼此前提出的「詩界革命」、「文界革命」之後，又一個改革文學的響亮口號和明確宣導。而且，這一口號的特別重要之處在於，重視小說戲劇這類來自民間的通俗化文學形式，這是對中國傳統文學觀念和文學體系的一次重要變革。也只是到了此時，才可以說，嶺南近代文學乃至整個中國近代文學全面發展、各體繁榮的時代才真正到來，嶺南近代文學和整個中國近代文學才真正進入文化學意義上的近代時期。

《新小說》雜誌的創辦，關於小說戲劇改革的理論宣導，大量小說戲劇作品的發表，帶來的影響是多方面的。既促進了其它小說戲劇報刊的出現，又帶來了小說戲劇理論和創作的高度繁榮，中國文學內部孕育著一場空前深刻的革命性變革。只要考察一下《新小說》雜誌創刊之後中國近代文藝報刊的出現情況，考察一下該雜誌創刊之後小說戲劇理論和創作的空前繁榮場景，回顧一下這時期之後小說戲劇地位的提高和中國文學內部基本結構的變化，對《新小說》的重要作用

---

47 《新小說》第一號，光緒二十八年十月十五日（1902年11月14日）（上海市：上海書店，1980年複印本），頁1-3；又見《飲冰室合集・文集》之十（北京市：中華書局，1989年），頁7。

和應有的文學史地位就可以有清晰的認識。

《新小說》關於「小說界革命」的理論宣導是引人注目的，它刊載的大量小說作品也同樣值得高度重視。《新小說》的理論宣傳和創作實踐共同促進了中國近代小說戲劇的高度繁榮。《新小說》雜誌發表的小說作品主要有：署名「嶺南羽衣女士」的「歷史小說」《東歐女豪傑》，梁啟超的「政治小說」《新中國未來記》，梁啟超所譯「哲理小說」《世界末日記》和「語怪小說」《俄皇宮中之人鬼》，玉瑟齋主人麥仲華的「政治小說」《迴天綺談》，吳沃堯的「歷史小說」《痛史》和「社會小說」《二十年目睹之怪現狀》，東莞方慶周譯述的「寫情小說」《電術奇談》，嶺南將叟吳沃堯重編的「社會小說」《九命奇冤》，等等。不論是從嶺南近代文學史的角度來看，還是從整個中國近代文學史的角度來看，發表於《新小說》雜誌的小說作品都是非常值得重視的。它們在很大程度上反映了近代小說的發展趨勢，代表了近代小說的時代特點和思想藝術水準。

具體地說，梁啟超在日本近代「政治小說」的影響下創作的中國第一部「政治小說」《新中國未來記》，其主要創作目的並不在於文學價值和小說藝術本身。這部小說在許多方面與傳統小說存在明顯的不同，梁啟超出於政治宣傳和改革小說的目的，有意創作了這樣一部在內容和形式上都頗為奇特的作品。關於這部小說的情況，梁啟超在其《緒言》中有相當清楚的說明：「確信此類之書，於中國前途，大有裨助，夙夜志此不衰」；「茲編之作，專欲發表區區政見，以就正於愛國達識之君子」；「此編今初成兩三回，一覆讀之，似說部非說部，似稗史非稗史，似論著非論著，不知成何種文體，自顧良自失笑。雖然，既欲發表政見，商榷國計，則其體自不能不與尋常說部稍殊，編中往往多載法律、章程、演說、論文等，連篇累牘，毫無趣味，知無以饜讀者之望矣，願以報中他種之有滋味者償之；其有不喜政談者

乎,則以茲覆瓶焉可也」。[48]這部原定寫作六十回的小說雖然只完成了五回,對後來的文學史研究者來說是一種無法彌補的遺憾;但是,僅這已經發表的一部分就發生了其它小說家的創作難以企及的廣泛影響,已足以使梁啟超在嶺南近代小說史乃至整個中國近代小說史上佔有極其重要的地位。

《新中國未來記》是目前所知中國最早的採用倒敘結構創作的小說,對豐富和發展中國小說的藝術結構,促進中國小說藝術走向現代化,起到了開創性的作用。這部小說還是中國最早的一部明確標出「政治小說」的作品。這是梁啟超在日本文學特別是明治時期「政治小說」影響下,進行中國小說改革的努力實踐;更是中國小說家們有意識地進行小說改革,使小說走向為社會政治變革服務之路的重要標誌。這部小說也在很大程度上規定了中國近代相當一部分小說作品的政治取向和創作方法,如在小說中大量採用議論文字、演講宣傳文字,重在政治主張、文明觀念的表述,情節結構、人物形象在小說中顯得不再那麼重要,等等,均與其有關。

《新中國未來記》雖是一部篇幅並不長且未完成的作品,但是它對整個中國近代小說創作與變革發生的影響,是其它作品難以匹敵的,也反映了近代小說更加明顯、更加深入地接受外國文學影響的基本趨勢。它不僅是第一部按照「小說界革命」的理論要求創作而出的新體小說,最集中地體現了「小說界革命」的理論思想和創作主張,在實踐上為近代小說的發展提供了一個樣板;而且,在中國小說從古典到現代的歷史轉變過程中,這部小說也應當佔有非常突出的地位。

嶺南近代文學史上的另外一位傑出小說家吳沃堯,同時也是中國

---

48 梁啟超:《緒言》,《新中國未來記》卷首,阿英編:《晚清文學叢鈔・小說一卷》
  (北京市:中華書局,1960年),頁1-2。

近代文學史上第一流的小說作家。他在中國近代數量眾多小說家中，最突出的成就就是作品數量最大，品種最為齊全。他在短短數年的時間內，創作的小說達三十多種。中國近代小說史上，如此高質高產的小說家，除吳沃堯外，大概沒有第二人。在他的小說中，譴責小說、歷史小說、言情小說種類齊全，長篇小說、短篇小說、文言小說、白話小說應有盡有。尤其值得在嶺南近代文學史上大書一筆的是，吳沃堯的《二十年目睹之怪現狀》是數以萬計的近代小說中影響最為廣泛深遠的作品之一。他的小說《九命奇冤》是一部完整的採用倒敘結構的小說，為中國小說的藝術結構開創了新的天地。他的《上海遊驂錄》則是目前可以看到的中國最早的完全採用限制敘事的小說，表明中國小說敘事水準走向現代的歷史動向。還有，他的一系列短篇小說，對中國短篇小說的發展成熟也起到了重要的作用。他的許多文言筆記小說，不僅僅是長期以來中國小說史上這一品種的繼續發展，而且留下了近代文壇的許多珍貴的資料，對研究中國近代文學、歷史以及社會風俗變遷都具有一定的參考價值。吳沃堯作為一位生長於廣東、主要活動於上海的小說家，在當時的影響就遍及全國，對後來中國小說家也產生了深刻的影響。可以說，吳沃堯是嶺南近代小說家最傑出的代表，也是中國近代文學史上小說創作最高成就的標誌性人物之一。

吳沃堯的《二十年目睹之怪現狀》是近代小說中影響最為廣泛的作品之一，在當時文壇和後來的文學史上，都具有重要的地位。它與李寶嘉的《官場現形記》、劉鶚的《老殘遊記》和曾樸的《孽海花》一起，被稱為近代四大譴責小說。魯迅論此類譴責小說時曾指出：「其在小說，則揭發伏藏，顯其弊惡，而於時政，嚴加糾彈，或更擴充，並及風俗。雖命意在於匡世，似與諷刺小說同倫，而辭氣浮露，筆無藏鋒，甚且過甚其辭，以合時人嗜好，則其度量技術之相去亦遠

矣,故別謂之譴責小說。」[49]魯迅在這段論述中,準確地概括了譴責小說內容方面的特點,而且在藝術上相當明確地將譴責小說與諷刺小說區分開來,顯示出近代以後小說思想內容、藝術風格、審美趣味等方面發生的深刻變化。魯迅還指出:「全書以自號『九死一生』者為線索,歷記二十年中所遇,所見,所聞天地間驚聽之事,綴為一書,始自童年,末無結束,雜集『話柄』,與《官場現形記》同。而作者經歷較多,故所敘之族類亦較夥,官師士商,皆著於錄,搜羅當時傳說而外,亦販舊作(如《鍾馗捉鬼傳》之類),以為新聞。……相傳吳沃堯性強毅,不欲下於人,遂坎坷沒世,故其言殊慨然。惜描寫失之張惶,時或傷於溢惡,言違真實,則感人之力頓微,終不過連篇『話柄』,僅足供閒散者談笑之資而已。」[50]魯迅關於近代譴責小說包括《二十年目睹之怪現狀》的論述,至今天仍然可以說是經典性的觀點。

《二十年目睹之怪現狀》的主要內容、思想特徵與風格特色等的形成,固然是多方面的複雜因素共同促成的;其中作者的思想狀況、小說素養和個人性格等無疑是相當重要的方面。除此以外,另一個同樣不可忽視的重要因素就是小說傳播方式的變化。以報刊發表為主要傳播方式的譴責小說,帶來了近代小說許多方面的明顯變化,這在《二十年目睹之怪現狀》等嶺南近代小說中也得到了充分的體現。

《二十年目睹之怪現狀》所涉及和描寫的官場、商場、洋場以及家庭內部等各個方面的情況,都帶有鮮明的近代社會文化色彩;小說所著重表現的在新的時代環境和價值觀念下,傳統倫理道德觀念和原有價值系統的改變甚至崩潰,也傳達出近代中國社會發生根本性變遷的重要信息。從敘事方式的角度來看,《二十年目睹之怪現狀》部分

---

49 魯迅:《中國小說史略》(北京市:人民文學出版社,1973年),頁252。
50 同上書,頁257。

地採用了限制敘事的方式，這表明小說家敘事意識的增強，對改變中
國傳統的小說觀念，促進小說思想和藝術的多方面的現代性轉換，都
起到了積極的作用。

　　《新小說》刊載的吳沃堯的另一部重要長篇小說《九命奇冤》，
也是極具近代文化色彩的作品，在許多方面表現出這種新的時代色
彩；其中最突出的是，這是一部完整地採用了倒敘結構的小說，在中
國小說敘事模式方面作出了積極的探索和重要的貢獻。小說把最為引
人注目、駭人聽聞的悲劇性場面在小說的第一回即展現出來，然後才
具體交待故事的來龍去脈和發生過程，收先聲奪人、引人入勝之效。
這種結構方式已經大不同於中國傳統小說的結構，明顯地受到近代以
來被大量譯介到中國來的西方偵探小說結構方式的影響和啟發。從小
說傳播的角度來看，這種倒敘結構的佈局安排，往往會取得先聲奪人
的效果，也有利於引起讀者的充分注意，對擴大影響、爭取讀者都具
有相當重要的作用。

　　《繡像小說》（1903年5月-1906年4月）發表的小說作品很多，但
是嶺南小說家卻較少在這一刊物上發表作品。吳沃堯的《瞎騙奇聞》
刊載於《繡像小說》，而且產生了相當大的影響。這是一部具有強烈
現實感和時代感的小說，反映的是反對宿命論、反對封建迷信活動的
主題，從一個特定的角度反映了近代社會文化從傳統向現代變遷轉換
的特徵，反映了這一變革過程中必然面臨的問題、必然出現的現象和
經歷的過程。這部小說不僅在吳沃堯的小說創作中具有重要的地位，
而且，從嶺南近代小說發展和整個中國近代小說發展的角度來看，
《瞎騙奇聞》也是一部佔有相當重要地位的作品。

　　除《新小說》外，發表嶺南近代小說家的作品最多、對嶺南近代
小說發展影響最大的雜誌當推《月月小說》（1906年10月-1909年1
月）。假如將梁啟超主辦的《新小說》視為促進嶺南近代小說繁榮發

展的第一個重要刊物,那麼也就可以認為,吳沃堯主辦的《月月小說》是促進嶺南近代小說繁榮發展的又一個重要的專門的小說雜誌。嶺南最為高產、影響最大的小說家吳沃堯的許多重要作品,就是首先發表於《月月小說》雜誌的,如「歷史小說」《兩晉演義》、《雲南野乘》,「短篇小說」《黑籍冤魂》、《大改革》、《義盜記》、《立憲萬歲》(滑稽體)、《平步青雲》、《快陞官》(記事體)、《查功課》、《人鏡學社鬼哭傳》,「社會小說」《上海遊驂錄》、《發財秘訣》,「札記小說」《趼廛剩墨》,「苦情小說」《劫餘灰》,「詼諧小說」《無理取鬧之西遊記》,「理想科學寓言諷刺詼諧小說」《光緒萬年》,等等。從上述小說作品和發表時標明的小說分類中,一方面可見吳沃堯小說創作內容和品種的豐富性,另一方面也反映出當時比較普遍的小說分類方式,反映出中國近代小說出現繁榮高潮的某些共同特點。

如此眾多的小說作品的出現,是嶺南近代小說和整個中國近代小說繁榮發展的重要表徵。吳沃堯能夠有如此豐富的創作,與他作為職業化作家和編輯的身份有著密切的關係。而如此眾多的小說品種的出現,固然與近代小說的整體繁榮、作家的勤奮創作不可分;同時,與近代小說傳播方式的轉變、傳播途徑的近代化有著十分密切的關係。只有在具備了近代化傳播媒介的條件下,具體地說就是在報紙雜誌大量出現的情況下,小說才可能獲得空前廣闊的發表園地和生存空間,也才可能出現如此繁榮的局面。

在上述小說中,《上海遊驂錄》值得予以特別的注意。這部作品在《月月小說》雜誌第六至第八號連載時,曾標以「社會小說」的名目,這是當時影響相當廣泛的一個小說種類;從今天的觀點來看,可以將它歸入譴責小說一類中。小說以辜望延(「姑妄言」之諧音)和堂兄辜望延(「姑妄聽」之諧音)的遭遇見聞作為結構的線索,描繪了當時種種具有現實根據和社會意義的怪異現象:一方面揭露了晚清

政治與官場的黑暗腐敗，抨擊了封建官吏的愚昧殘暴，在客觀上反映了維新變法和暴力革命的必然性，也反映了維新派人物的某些弱點。另一方面，作者又從比較保守、比較正統的觀念出發，認為君主立憲不可能實行，因為民眾的思想水準尚未達到君主立憲所要求的程度；更加激進的民主革命就更不可取，革命必然造成社會的更大破壞。而且，小說著重反映了活動於上海的革命黨的種種劣跡，表現他們思想淺薄、道德敗壞的情形；意在說明，讓這樣的一群人去鬧革命，一個必然的結果就是導致失敗並帶來更大的危機。由此得出的一個比較可行的結論就是吳沃堯一貫主張的首先進行道德的改良，從而帶來社會的改良。《上海遊驂錄》內容和思想傾向是頗為複雜的，既揭露和諷刺了當時社會的種種弊端，反映了社會變革的必然性和合理性，又表現了作者比較保守的政治文化觀念，反映了在面對紛繁複雜的政治潮流與文化思潮之時的深刻困惑。從小說敘事模式的角度來看，這部作品更值得重視，這是中國近代一部比較嚴格地運用了第三人稱限制敘事的作品，對促進近代小說向現代小說的轉變，作出了比較突出的貢獻。

　　黃伯耀、黃小配（世仲）兄弟主辦的《中外小說林》（1907年7月-1908年4月）雜誌雖然持續的時間不長，但也是嶺南近代小說發展中的一個重要的刊物，尤其突出的是此刊比較集中地體現了嶺南革命派小說家們的小說觀念和創作實績。著名革命家和小說家黃小配的兩部重要作品《黃粱夢》和《宦海潮》發表於此刊，其兄黃伯耀的兩個作品《惡因果》和《凶仇報》也是在此刊發表的。黃伯耀、黃小配兄弟的小說創作，以其鮮明的革命性和戰鬥性、深刻而強烈的時代批判精神，產生了廣泛的影響。他們的小說創作，在藝術風格、情感特徵等方面，也集中地體現了革命派小說家的突出特點，而且帶有比較突出的嶺南地域文化特徵，反映了中國近代小說一個重要的發展趨勢。

## 五　戲劇與報刊傳播

　　鄭振鐸嘗這樣評價中國近代戲劇：「皆激昂慷慨，血淚交流，為民族文學之偉著，亦政治劇曲之豐碑」，「大有助於民族精神之發揚」。[51]從近代戲劇的民族強音、時代旋律的角度來看，此言甚是。同時也須指出，近代戲劇的基本格局複雜多變，整體面貌異彩紛呈。傳奇雜劇、京劇及其它地方戲曲、早期話劇，三者共同構成了中國近代戲劇的主體格局，決定著此期戲劇的總體成就和基本面貌。回顧中國戲劇發展史，這種情形是中國戲劇從古典走向現代的過程中所特有的。廣東近代戲劇的基本格局和發展狀況大致與此相同。但是，從近代廣東戲劇作品的報刊發表與書面傳播的角度來看，則與這一基本格局有明顯區別。近代廣東戲劇家取得的主要成績，集中體現在傳奇雜劇和廣東地方戲曲兩方面。

　　與近代詩歌、散文、小說、文學理論與批評等方面的情況相似，廣東近代戲劇在整個中國近代戲劇史上也佔有相當重要的地位。這不僅是因為廣東近代戲劇家創作並發表了一批數量較多而且相當出色的戲劇作品，展示了廣東近代戲劇的主要成就，產生了廣泛的影響；而且是因為，這些廣東近代戲劇家的創作活動和突出成就，成為中國近代戲劇史上最高成就的體現，對傳統戲劇的近代變革作出了重要貢獻。可以認為，近代廣東戲劇家的理論宣導和創作實踐，實際上成為中國近代戲劇改革的先聲，從理論和實踐上奠定了近代戲劇改良運動的基礎，發生了全國性的影響。

　　在中國近代戲劇史上，尤其是在戲劇改革運動中，取得了最為傑出的戲劇創作成績、最足以代表中國近代戲劇成就的戲劇作品並不是

---

51　鄭振鐸：《晚清戲曲錄敘》，《鄭振鐸古典文學論文集》（上海市：上海古籍出版社，1984年），頁1005。

由廣東戲劇家創作出來的；但卻可以說，以梁啟超為代表的一批廣東近代戲劇家在理論宣導與創作實踐方面進行的首開風氣的努力和大膽探索，產生的歷史影響，則是其它地區的戲劇家難以比擬的。正如「詩界革命」、「文界革命」和「小說界革命」都是首先由梁啟超宣導，是廣東近代文學史上的重大事件一樣，推動中國傳統戲劇從古典走向現代、奠定現代戲劇基本格局的戲劇改良運動，也是由廣東文學家特別是梁啟超首先進行理論宣導和實踐探索的[52]。而近代戲劇改革思潮的出現並產生廣泛影響，和隨後到來的戲劇創作的空前繁榮並取得愈來愈重要的地位，與近代報刊繁榮並發表大量的小說戲劇作品有著明顯而必然的關聯。

相對於中國傳統文學而言，近代文學傳播的一個最大變化，就是伴隨著新聞出版業的興盛而日益發達的報刊傳播。這一變化對中國文學的影響和作用是革命性的、根本性的。它至少改變了作品的創作速度、創作方式、傳播途徑與接受方式等；這些前所未有的深刻變化不能不對作家的文學觀念、創作心態、創作預想和生存狀態等產生重要的影響。種種新鮮而且複雜的因素伴隨著中國近代代過程的深化而不斷發展，對文學實施日益深刻的影響，從而逐漸改變著中國傳統文學的基本觀念和總體格局，將中國文學帶上了一條別無選擇的由古典走向現代的轉型之路。同樣地，在這樣的背景下，近代化的傳播媒介主要是報刊的興盛對中國近代戲劇的繁榮發展和迅捷廣泛傳播產生了重要作用，並由此出現了一系列新的戲劇史景觀。廣東近代戲劇的發展與繁榮，從一個生動鮮活的側面充分反映了傳播方式的變化給近代戲劇史、文學史帶來的生機與活力，以及不可避免地出現的種種複雜現象和結果。

---

52 筆者按：梁啟超宣導「小說界革命」之際，「小說」概念實包含戲劇、說唱文學等俗文學樣式在內。

　　梁啟超等主辦的《新民叢報》和《新小說》、吳沃堯編輯的《月月小說》、黃世仲主辦的《粵東小說林》、李璿樞主辦的《東莞旬報》等都是近代具有全國性影響的重要期刊，雖辦刊宗旨有異，且有的主旨並不在於文學（如《新民叢報》），但均與廣東有著密不可分的關聯，或由廣東籍人士創辦或編輯，或在廣東地區出版，實際上在廣東近代戲劇、文學繁榮發展的歷程中發生了重要作用，功不可沒。考察這些期刊所發表的戲劇作品及所產生的影響，可以真切地感受到中國傳統戲劇進入近現代轉型時期的時代氣息，可以清晰地聆聽到中西古今交融嬗變之際特有的戲劇變革的歷史迴響。

　　梁啟超所作傳奇《新羅馬》和《劫灰夢》即發表於《新民叢報》。這兩種傳奇雖均未能完成，前者發表了七出，後者僅發表一出，但從作者的戲劇觀念、創作實績和廣泛影響來看，則完全可以說，梁啟超的戲劇創作揭開了近代戲劇改良運動的序幕，帶來了近代戲劇創作的繁榮局面，成為中國戲劇從傳統走向現代的重要標誌。不僅在廣東近代文學史、戲劇史上意義極其深遠，就是在整個中國近代文學史和戲劇史上，也應佔有突出地位。

　　梁啟超的戲劇題材不外兩方面：一為外國民族解放、獨立運動的歷史；一為中國古代兵強國盛、四方歸服的故事。無論哪一種題材，都非常明顯地貫串著一種共同精神，即從當時中國內外交困、民不聊生、岌岌可危的現實出發，呼喚國家強盛、民族獨立，讓中華文化重現昔日的輝煌。這一點，梁啟超在每一本戲中都有充分的說明。在《新羅馬》中，作者借但丁之口述說寫作緣由云：「老夫生當數百年前，抱此一腔熱血，楚囚對泣，感事欷歔。念及立國根本，在振國民精神，因此著了幾部小說傳奇，佐以許多詩詞歌曲，庶幾市衢傳誦，婦孺知聞，將來民氣漸伸，或者國恥可雪。……我聞得支那有一位青年，叫做甚麼飲冰室主人，編了一部《新羅馬》傳奇，現在上海愛國

戲園開演。這套傳奇，四十出詞腔科白，字字珠璣；五十年成敗興亡，言言藥石。……我想這位青年，飄流異域，臨睍舊鄉，憂國如焚，迴天無術，借雕蟲之小技，寓遒鐸之微言，不過與老夫當日同病相憐罷了。」[53]這幾乎是作者站在舞臺上宣講寫作宗旨了。在《劫灰夢》中，作者也借主人公杜撰之口表白道：「我想歌也無益，哭也無益，笑也無益，罵也無益。你看從前法國路易十四的時候，那人心風俗不是和中國今日一樣嗎？幸虧有一個文人叫做福祿特爾（引者按：今譯伏爾泰），做了許多小說戲本，竟把一國的人從睡夢中喚起來了。想俺一介書生，無權無勇，又無學問可以著書傳世，不如把俺眼中所看著那幾椿事情，俺心中所想著那幾片道理，編成一部小小傳奇，等那大人先生、兒童走卒，茶前酒後，作一消遣，總比讀那《西廂記》、《牡丹亭》強得些些，這就算我盡我自己面分的國民責任罷了。」[54]

　　由於創作動機帶有明確的政治文化色彩，使得梁啟超的戲劇在題材、人物、情節、語言等方面均表現出明顯的變革性特徵，改變了中國傳統戲劇創作與演出的許多慣例，展現了近代戲劇的時代特點，代表著近代戲劇改良運動中許多戲劇作品的共同發展方向。而且，《新羅馬》傳奇是中國戲劇史上第一部以外國歷史事件為題材的作品，梁啟超的首創之功意義重大。從此，中國的戲劇題材已經不僅限於國內，外國的歷史與現實、人物和事件也逐漸進入了中國戲劇。

　　麥仲華的傳奇《血海花》也發表於《新民叢報》，這一作品在許多方面也體現了傳播媒介的變化給廣東近代戲劇帶來的必然變革。楊世驥在評論此劇時曾指出：「內容系譜羅蘭夫人瑪利儂事，其最值得

---

53 梁啟超：《新羅馬傳奇‧楔子一出》，阿英編：《晚清文學叢鈔‧傳奇雜劇卷》（北京市：中華書局，1962年），頁518-519。

54 同上書，頁688。

注意的，就是表達羅蘭夫人的反對專制的言論，慷慨激昂，如說：
『我法國自路易十四以來，政府專橫，國事日壞，專制的君權，已膨
脹到極點，平民的自由，直褫剝到盡頭。積威所劫，百鍊都柔；士氣
不揚，全軍皆墨；鳌憂宗國，同懷漆室之悲；泣類楚囚，同下新亭之
淚。你看二千五百餘萬國民，個個皆婢膝奴顏，馴服那專制政體之
下，我瑪利儂雖女兒，亦有國民責任，難道跟著他們醉生夢死，偷息
在這黑暗世界不成！』無所顧忌地發揮著反對專制的思想，這在當日
滿清黑暗統治之下，是極有煽動力量的。至於其中曲詞，任意增減句
格，穿插冗長的說白，在音律方面是完全不合的。」[55]不僅麥仲華的
《血海花》如此，上文所述梁啟超的《新羅馬》和《劫灰夢》也明顯
地帶有同樣的特徵；戲劇改良運動時期的許多傳奇雜劇，甚至一些京
劇和其它地方戲曲與早期話劇，也不同程度地表現出這樣的特點。這
實際上反映了中國近代戲劇的一種共同發展趨勢，而其最重要的根源
就是以梁啟超為代表的一批戲劇家的理論宣導和創作實踐。

　　《新小說》是另一重要的刊載戲劇作品的刊物，在廣東近代戲劇
變革和整個中國近代戲劇變革中都發揮了重要作用。梁啟超的《俠情
記》傳奇就發表於該刊。女主角馬尼他上場即道：「我家家傳將種，
係出清門，先君愛國如焚，迴天無力，因把我姊弟兩個從幼教育，勖
以國民責任，振以尚武精神。儂家雖屬蛾眉，頗嫻豹略，讀荷馬鐃歌
之什，每覺神移；賦木蘭從軍之篇，惟憂句盡。可恨我祖國久沉苦
海，長在樊籠，志士銷磨，人心腐敗，正不知何時始得復見天日哩！
（長歎介）唉！難道舉國中一千多萬人，竟無一個男兒，還要靠我女
孩兒們爭這口氣不成？」[56]不論是戲劇題材、內容，還是戲劇人物、

---

55　楊世驥：《文苑談往》（臺北市：華世出版社，1978年），頁66。
56　梁啟超：《俠情記・第一齣緯憂》，阿英編：《晚清文學叢鈔・傳奇雜劇卷》（北京
　　市：中華書局1962年），頁549。

情節以及舞臺表演，《俠情記》都與梁啟超的另外兩種傳奇《新羅馬》和《劫灰夢》表現出相當多的一致之處。梁啟超的三種傳奇劇本，在近代戲劇變革的歷史進程中，首先最集中地反映了傳奇雜劇的變革趨勢，成為近代傳奇雜劇創作高潮到來的一個重要標誌。

《新小說》還曾發表梁啟超的粵劇劇本（班本）《班定遠平西域》。關於此劇之作，後來梁啟超嘗回憶說：「今詩皆不能歌，失詩之用矣。近世有志教育者，於是提倡樂學。然樂已非盡人能學，且雅樂與俗樂，二者亦不可偏廢。俗樂緣舊社會之嗜好，勢力最大，士大夫鄙夷之，而轉移風化之權，悉委諸俗伶。而社會之腐敗益甚，此亦不可不察也。客歲橫濱大同學校生徒開音樂會，欲演俗劇一本以為餘興，請諸余，余為撰《班定遠平西域》六幕，自謂在俗劇中開一新天地。中有《從軍樂》十二章，乃用俗調《十杯酒》（又名《梳粧檯》）所譜，雖屬遊戲，亦殊自喜。」[57]雖為應邀之作，從中仍可見梁啟超對地方戲曲的喜好和重視。

在《例言》中，梁啟超也專列一條談寫作動機云：「此劇主意在提倡尚武精神，而所尤重者在對外之名譽。」[58]從戲劇改革的角度來看，梁啟超對粵劇的固有程序多有不滿，並打算對之進行改革；但由於對舊戲的深度改造一時尚難以開展，宣傳新思想的任務又相當緊迫，他也只得利用舊粵劇來宣傳新思想，而且注意尊重舊粵劇的內在規律和舞臺特點。這一點，他在《例言》中也表達得很清楚：「此劇經已演驗，其腔調節目皆與常劇吻合。可以原本登場，免被俗伶撏扯點竄」；「此劇用粵劇舊調舊式，其粵省以外諸省，不能以原本登場，而大致亦固不遠」；「此劇科白儀式等項，全仿俗劇，實則俗劇有許多

---

57 梁啟超：《飲冰室詩話》卷五（新北市：廣文書局，1982年），頁8。

58 《新小說》第二年第七號（原第十九號）（上海市：上海書店，1980年影印本），頁135。

可厭之處，本亟宜改良。今乃沿襲之者，因欲使登場可以實演，不得不仍舊社會之所習，否則教授殊不易易。且欲全出新軸，則舞臺樂器畫圖等無一不須別制，實非力之所逮也」。[59]他這種「舊瓶裝新酒」式的戲劇創作，與他宣導的以「鎔鑄新理想以入舊風格」[60]，「以舊風格含新意境」[61]為宗旨的「詩界革命」，在文化趨向上是一致的。《班定遠平西域》在表現班超出使西域建立軍功、安定邊疆的情節中，宣傳了尚武尚力的民族精神，寄寓了振興國家、擺脫危機的愛國情懷。梁啟超的創作示範，對近代地方戲曲的進一步發展繁榮起到了極大的促進作用。認為梁啟超是中國近代戲劇改革的理論宣導者和創作實踐先行者，恐不為過。

政治家兼文學家的梁啟超的戲劇創作，在戲劇樣式的選擇、題材、人物、情節與衝突、語言等各個方面，在繼承中國戲劇傳統的基礎上，進行了大膽探索和革新發展，反映了那個時代的血雨腥風，充滿了尚武精神、民族氣概，風格沉雄悲壯、鬱勃剛健，是中國文學傳統中的陽剛之美、浩然之氣在近代民族矛盾激化與文化危機加劇之際的新發展。從另一角度來看，梁啟超的戲劇作品也像他的某些文章一樣，有時顯得豪邁有餘而沉鬱不足，雄放盡致而蘊藉欠缺。這種情形遠非僅梁啟超一人如此，近代戲劇及其它文體中亦時常出現類似的情形，這實際上反映了那一代文學家的文化心態。

從中國戲劇發展史的角度看，梁啟超的這些努力，一方面在很大程度上影響和規定了中國近代戲劇發展的總體風貌和歷史走向，使他成為中國近代最有影響的戲劇家之一；另一方面，他的探索和嘗試，

---

59 《新小說》第二年第七號（原第十九號）（上海市：上海書店，1980年影印本），頁135-137。

60 梁啟超著，舒蕪校點：《飲冰室詩話》（北京市：人民文學出版社，1959年），頁2。

61 同上書，頁51。

也留下了值得認真總結、深入反思的理論成果和創作經驗，其中亦不無教訓。中國古代戲劇的道德化傾向，自近代以來逐漸向政治化的方向轉變，這一風氣也可以認為是由梁啟超開之。這種轉變不是對中國傳統「載道」文學觀念的背叛，而是從另一個角度發展了傳統觀念，而且把它張揚到了一個前無古人的新高度；從另一個方面走近「載道」的文學觀念，在新的文化背景下復歸傳統。

梁啟超的戲劇創作實績與他在文學理論、文章、詩詞、小說等方面的成就一道，構成了20世紀中國文學的一大高峰，這座高峰承前啟後，促進了中國文學從古代向現代的轉換，產生了至今猶在的深遠影響。這些作品假如不是因為在期刊上發表而得以迅速廣泛地傳播，其影響和價值恐是另外一番情景。報刊傳播對梁啟超的戲劇創作以及這些作品的被接受起到了關鍵性的作用，這是報刊傳播與廣東近代戲劇創作繁榮之關係的一個具有典型意義的個案。

《新小說》雜誌還刊載了另外兩種廣東地方劇本，即《黃蕭養回頭》和《易水餞荊卿》。「新串班本」《黃蕭養回頭全套》作者署「新廣東武生」，有論者判斷為梁啟超所著[62]，然未見提出充分根據。「粵東班本」《易水餞荊卿》作者署「廣東新小武」，其真實姓名亦未能知曉。不知此「廣東新小武」與「新廣東武生」是否為同一人。不管這兩種廣東「班本」的作者係何人，其為廣東籍人士當無須置疑。它們在《新小說》雜誌的發表，也是廣東近代戲劇改革取得的重要成績之一，同樣表明了廣東地方戲劇的重要進展，也是中國近代戲劇變革的一個有代表性的反映。

《月月小說》刊載的戲劇作品不多，可判定屬廣東戲劇家所作的

---

62 參見任訪秋主編《中國近代文學史》（開封市：河南大學出版社，1988年，頁216）；郭延禮：《中國近代文學發展史》第二卷（濟南市：山東教育出版社，1991年），頁448。筆者以為：此劇之作者問題尚須查考，未可輕易下結論。

劇本只見到吳沃堯的傳奇劇本《曾芳四》和「時事新劇」《鄔烈士殉路》兩種。在近代傳奇雜劇和廣東地方戲劇的發展變革過程中，吳沃堯這兩種戲劇也值得重視。《曾芳四》傳奇根據當時發生於上海的實事寫成，寫流氓曾芳四企圖強佔民女鄧七妹事，比較集中地反映了近代上海乃至整個中國社會傳統道德倫理觀念面臨崩解，姦人橫行、平民受壓迫被欺凌的狀況，寄託著作者深深的感慨。劇首的【蝶戀花】就集中地表現了作者的用意：「道德頹亡人格墜。變相森羅，何處尋真偽？白晝豺狼昏夜魅，思量無計先迴避。越是繁華越濁穢。如此江山，只合供吟醉。制芰荷衣紉蕙佩，批風抹月聊相慰。」[63]

《鄔烈士殉路》是為悼念因爭路權吐血而死的鄔鋼而作，於稱讚鄔鋼的愛國主義精神之中，寄託了作者的愛國激情。如果說此劇表現的是近代戲劇乃至近代文學中經常出現的主題的話，那麼更值得注意的就是它的文體形式。雖仍標明「第一折」、「第二折」，但作為「時事新劇」，已不再採用傳奇雜劇的曲牌聯套體，完全沒有曲牌，代之而起的是接近板腔體的曲詞形式，如第一折《先殉》的唱詞就標明「倒板」。此劇實際上反映了廣東近代戲劇和整個中國近代戲劇發展的一個重要趨勢，就是傳奇雜劇逐漸走向蕭索，各種地方戲劇以前所未有的態勢迅速發展起來，並展現出蓬勃的前景。

《粵東小說林》丙午年（光緒三十二年，1906）第三期、第七期發表了「世次郎」（黃世仲）的《南北夫人傳奇》，冠以「豔情小說」之名目，今僅見其第三齣《滬遊》和第七齣《贈別》。從僅見的這兩出尚難以斷定作品的主要內容，對其情節、人物等主要情況也難以完全把握。儘管如此，從中還是可以看出集革命家和文學家於一身的黃

---

63 盧叔度主編：《我佛山人文集》第八卷（廣州市：花城出版社，1989年），頁3。盧叔度嘗云：此劇曰「曾芳四」，即「真放肆」之諧音，從中可見作者之創作旨趣。

世仲對戲劇的重視。他採用傳奇這種文藝樣式的事實本身，就表明對戲劇之價值和作用的關注，同時也可見他多方面的文學創作才能。從第三齣《滬遊》中，還可以看到一些反映近代社會狀況和作者思想的文字，如主人公黃生初到上海時，就有這樣的感受：「這上海地面，向屬俺中國的版圖，今兒作了公共租界。回念祖國山河，好愁煞人也。我且登岸者。（黃生登岸科）【鬥鵪鶉】看雄壯的三楚精神，炫麗的六朝金粉，滿目的冠蓋紛紜，徹耳的笙歌遠近。曩日吳門，而今氣象新，那士女如雲，同唱後庭花，否知亡國恨。」[64]此折中表現出來的憂國憂時情緒相當明顯。

《東莞旬報》（光緒三十四年，1908）所載「璿三郎」（李璿樞）的《義民跡》傳奇，今僅見《楔子一出‧感時》，未完。第一齣之首以【臨江仙】表明全劇大意云：「滿腔熱血灑何向？可憐祖國頹亡。江山無語渺蒼茫。神州如水漾，誰挽墮斜陽？」接著的【破齊陣】又云：「錦繡河山淪喪，神明種族悲傷。蔢緯淒涼，銅駝荊棘，故國奚堪回望？都只是個個浮生世上，有誰知哀哀亡國民蒼，起義攘鄉。」作者描繪當時中國情形云：「【皂羅袍】仍然是酣歌太平依樣，到今兒便記不起列祖的勳業丕張。自強主義孰提倡？獨立精神誰奮向？民權退讓，祖國羅殃，外夷狂蕩，漢族慘傷，那世人竟下心低首供人釀。」作者自述小說戲劇觀念和此劇的創作主旨云：「看官，你道我國和列強比較，差死不差死呢？（歎介）唉！我想笑也無益，哭也無益，歌也無益，罵也無益。我現在與同志們組織一個《東莞旬報》，這報內裏，也有小說一門。這小說門，感人最易，能力最宏，欲轉移風氣，喚醒癡魂，非此不可。惟是小生於小說一道，素未研究，今日欲作小說，比如作那樣小說好呢？（想介）有了，想我國人民，醉生

---

64 《中外小說林》上冊（香港：夏菲爾國際出版公司，2000年影印本），頁52。

夢死，不知禍已迫於眉燃，袖手待亡，恰如視隔河之水溺，國家大事，漠不關心，我不如作部歷史小說，擊刺同胞罷。（入位執筆介）（自語介）我作歷史小說，比如作那篇為好呢？（搔首介）我省起來了，想我莞邑於中國歷史上，最有名譽的事，不是熊飛將軍起義嗎？這熊將軍不是深明種族大義的偉人，為黃帝的孝子慈孫嗎？我既欲作小說，不如作篇表揚熊將軍勳業的為好。」書童建議旋三郎將熊飛故事寫成傳奇，作者復自述云：「（生）既然如此，待我將熊將軍的歷史作部小小傳奇罷。（看書介）（俯首潛思介）（自語介）我現在欲作這篇傳奇，比如名喚什麼題目為當呢？（想介）有了，我想熊飛將軍，綱目書為義民，熊將軍的歷史，是義民的事蹟，不如這篇傳奇呼為《義民跡》罷了。」此劇之標目為：「黃世雄統軍入廣州，熊將軍義兵起東莞。榴花鄉陣斬胡元將，偉傑史長流漢族光。」[65]

由此可知，《義民跡》傳奇是以南宋東莞抗元名將熊飛（？-1276）故事為題材，藉以表現反清革命內容、寄予民族情感、鼓舞漢族同胞的作品，也從一個具體角度反映了中國近代社會的場景，具有重要的認識價值。這種創作取向在當時民主革命思潮方興未艾的時代背景下，具有重要的現實意義，而這樣的作品正是通過報刊傳播才得以迅速發生影響並發揮作用的。

可見，廣東近代戲劇及其它文體的發展變遷與傳播媒介的變化之間的關聯相當密切。20世紀初以來各種報刊的湧現並愈來愈多地發表文學作品，為文學創作和傳播提供了廣闊的園地，明顯促進了廣東近代戲劇及各體文學的發展，使廣東近代文學出現了十分興盛、空前繁榮的局面。不僅如此，傳播媒介的變革促進了廣東近代文學的繁榮發展，既是中國近代文學出現繁榮局面的先聲和最重要表徵之一，又是

---

65 此處引文均見《東莞旬報》1908年第1期。

中國文學的傳播途徑和傳播方式從古代走向現代的歷史性變革的重要
標誌。從另一個角度看，廣東近代文學也不是一味被動地接受傳播媒
介的變化給自己帶來的影響，報刊的持續發展實際上也非常需要數量
眾多的文學家和文學作品的支持。在一定意義上可以說，文學創作的
繁榮也促進了傳播媒介的近代化歷程。於是，文學創作和傳播媒介之
間實際上形成了一種密不可分的共生互動關係，共同展示著中國文學
從古典走向現代的物質因素和精神歷程。

　　廣東近代戲劇及各體文學的蓬勃發展和創作高峰的出現，都是以
20世紀初報刊的大量出現即文學傳播媒介的近代變革為重要基礎和必
要前提的。假如沒有文學傳播媒介的這種近代轉換，就不可能有廣東
近代文學的全面發展和高度繁榮。另一方面，文學高潮的出現和傑出
成就的取得，又成為廣東近代報刊發展成熟的重要表徵之一。廣東近
代文學如此，整個中國近代文學也與此相類。沒有傳播媒介的歷史性
變革，沒有近代報刊的大量出現帶來的文學生產方式和傳播途徑的巨
大進步，就不可能有廣東近代文學的全面發展和文學高峰的出現，廣
東近代文學也不可能發生如此深遠的歷史影響。

　　廣東近代文學作為中國近代文學整體格局中的一個重要組成部
分，可以作為考察和認識文學發展與傳播媒介之關係的一個有典範意
義的個案，從中認識文學發展過程中的種種複雜因素，從而更深切地
認識中國近代文學的發展歷程。

## 六　文學與報刊的相生共進

　　從上文所述中可以比較清楚地認識到，嶺南近代文學各主要文體
的發展變遷與文學傳播媒介的變化之間存在著相當密切的關聯。近代
中期以後報紙雜誌的大量出現並愈來愈多地發表文學作品，為文學創

作和傳播提供了廣闊的園地，大大促進了嶺南近代各體文學的發展，使嶺南近代文學出現了十分興盛、空前繁榮的局面。

不僅如此，傳播媒介的變革促進了嶺南近代文學的繁榮發展，既是中國近代文學出現繁榮局面的先聲和最重要表徵之一，又是中國文學的傳播途徑和傳播方式發生從古代向現代的歷史性變革的重要標誌，在整個中國近代文學史上都應當佔有突出的地位。從另一個角度來看，嶺南近代文學也不是一味被動地接受傳播媒介變化給自己帶來的影響，報紙雜誌的大量出現和持續發展實際上也非常需要數量眾多的文學家和文學作品的支持。在一定意義上可以說，文學創作的繁榮也促進了傳播媒介的近代化歷程。這樣，文學創作和傳播媒介之間實際上形成了一種密不可分的共生互動關係。

嶺南近代文學的發展變革與文學傳播媒介的近代變革之間的關係表明，沒有傳播媒介的歷史性變革主要是近代報刊的大量出現帶來的文學傳播途徑和傳播方式的重大進步，就不會有嶺南近代文學的全面發展和文學高峰的出現；嶺南近代文學也就不可能發生如此深遠的歷史影響，也就不會有嶺南近代文學從內容到風格的多方面轉變。嶺南近代詩歌、散文、小說與戲劇的高度發展和取得的突出成就，從多方面說明了這一點。嶺南近代文學的蓬勃發展時期的到來和最高成就的展現，都與文學傳播媒介的近代性轉變有著密不可分的關係；而文學發展高潮的出現和傑出成就的取得，又成為嶺南近代報刊發展成熟的重要表徵之一。因此，文學創作的高度發展和傳播媒介的近代轉換之間，形成了一種頗為和諧的關係。

嶺南近代文學的每一項歷史性的發展進步，都與文學傳播媒介的近代變革密切相關。這種情況在嶺南近代文學發展的繁榮時期表現得尤為突出。嶺南近代詩歌的發展高峰「詩界革命」的興起和「新派詩」的大量出現，嶺南近代散文的發展高峰「文界革命」的開展和

「新文體」散文的日益興盛，都與文學傳播媒介的轉變，主要是報紙雜誌的大量湧現並發表為數眾多的詩歌和散文作品有著極其密切的關係。嶺南近代小說發展新時期的正式到來是以「小說界革命」口號的正式提出並出現了大量的新體小說為主要標誌的。嶺南近代戲劇發展高潮的出現是以戲劇改良運動的理論宣導和傳奇雜劇與地方戲曲的繁榮發展為最重要標誌的。這種情形的出現，也與文學傳播途徑和傳播方式的轉變密切相關；換句話說，嶺南近代各體文學的蓬勃發展和最高峰的出現，都是以報紙雜誌的大量出現即文學傳播媒介的近代變革為重要基礎和必要前提的。假如沒有文學傳播媒介的這種近代轉換，就不可能想像有嶺南近代文學的全面發展和高度繁榮。

從文學發展和傳播媒介之關係的角度來看，不僅嶺南近代文學的發展與傳播媒介的變化有著十分密切的關係，而且，整個中國近代文學的發展和繁榮也與傳播媒介的變化有著密不可分的關係。嶺南近代文學作為中國近代文學整體格局中的一個重要的方面，可以作為考察和認識近代文學發展與傳播媒介之關係的一個有一定典範意義的個案，從中認識文學發展過程中的種種複雜因素，從而更深切地認識中國近代文學的歷史發展過程。

# 嶺南近代文學的歷史地位

　　由於諸多因素的限制，討論某一時代、某一地域文學的地位與價值是相當困難的；但在文學史的研究中，這又是一個難以完全迴避的問題。認識嶺南近代文學，也似乎不能完全不考慮這一問題。筆者試圖採取比較論說的方法，通過嶺南近代文學與古今嶺南文學發展的縱向比較，通過嶺南近代文學與中國近代文學的橫向聯繫，進行一些討論。希望這個雙重比較的過程同時也是局部文學與整體文學關係的認定過程，以此作為討論嶺南近代文學總體成就與歷史地位和影響的基本方法和出發點。

## 一　中國近代文學史視野中的近代嶺南文學

### （一）中國近代文學家的地理分佈與嶺南文學家

　　從總體上看，在幾千年的中國文學發展歷程中，是全中國各個地區、各個民族的文學家共同創造了輝煌的中國文學。中國文學所以能夠成為世界文學史上不可或缺的具有獨特意義的組成部分，是不同時代、不同地域的傑出文學家共同創造的結果。從另一個角度來看，在中國文學發展的歷史長河裏，文學家的地理分佈又大致呈現出這樣的情形：文學家的出現及其在文學史上的地位、貢獻和影響，與一定時期文化中心所在的區域有著相當密切的關係；即是說，在特定時期的文化中心地區產生傑出文學家和取得最高文學成就的可能性，相對於

非文化中心地區來說，前者表現出明顯的優勢。而且，在通常情況下，出現於非文化中心地區的文學家，只有通過各種方式融入主流文化，被文化中心區的文學家們認可並接受，才能真正在當時獲得重要的文學地位，也才可能在後來發生深遠的影響。

統觀中國文學幾千年的發展，大致可以這樣說，文學家的地理分佈總體上呈如下趨勢：從中原、西北地方向中南、東南地區轉移，從內陸地區向沿海地區轉移。這種情況，遠在南宋時代就已經表現得相當明顯，到明末清初，東南地區甚至已經確立了其人文薈萃之地的重要地位。從此以後一直到中華人民共和國成立之前，這種格局大體上沒有發生根本性的改變。清代自道光年間以降，歷咸豐、同治、光緒、宣統各朝直到民國時期，不僅東南沿海地區繼續保持著文化興盛的勢頭，福建、廣東以及廣西的部分地區也表現出空前活躍的文化風貌。不能不說，這一總體發展趨勢當中透露出整個中國文化的中心地帶移動變遷的重要信息。

就中國近代文學而言，雖然這七十年左右的文學史在整個中國文學的歷史長河中只不過是轉瞬即逝的一朵並不怎麼引人注目的浪花，但是，假如仔細考察它的變遷軌跡和總體格局，也可以發現，近代文學家的地理分佈情況不僅與整個中國文學的情況基本相同，而且，還相當集中地反映了文化中心轉移的整體走向。比如，在這段文學歷程中，產生文學家比較集中、文學成就比較突出的省份有江蘇、浙江、福建、湖北、湖南、江西、四川、廣東和廣西等等。而嶺南地區作為文學成就較為晚出、在全國影響較小的一個文化區域，自近代以來，一躍而成為作用巨大、影響深遠的一個地區，從產生文學家的數量和發生的歷史影響來看，某些方面甚至超過了原來頗有優勢的地區，大有後來居上之勢。

對嶺南文化和文學的發展來說，這一變化的意義非常重大。它表

明，經過明清時期的文化發展和文學準備，更由於嶺南地區在近代以降所處的極其特殊的文化地位，嶺南地區文化發展的高潮已經到來，嶺南文學的高峰也已經出現。綜觀中國近代文學史，可以發現，嶺南文學家成為近代文學家群體中的重鎮，嶺南文學作品是構成整個中國近代文學創作高峰的一個十分重要的組成部分。可以毫不誇張地說，中國近代文學史上假如缺少了嶺南文學家的貢獻，那麼它的精彩程度、基本格局和總體成就都不能不大打折扣。

眾所週知，中國近代的政治中心是北京，文化中心是上海。這兩個中心城市成為眾多的政治人物和文化人物開展活動與施展才華的舞臺。這兩個大都市總是集中著大批的文人，在那裏進行各種各樣的活動，那裏產生了不少有影響的詩社、文社等文學社團。如果說活動在北京的文人主要目的是為了仕途的話，那麼，在上海的文人們則主要是為了求得更好地以文化手段謀求生存。但是從文學家的籍貫與來源來看，北京和上海無論如何都沒有能夠成為產生文學家最多的地方，大量產生文學家的地區往往在華中、華東和華南一帶地區，西南地區也是一個產生文學家比較多的區域。在許多情況下，是這些地區產生的文學家在北京和上海兩個中心城市的文學活動中佔有突出的地位。

這種現象的出現可以從兩個方面來認識：一是政治或文化中心的需要。政治或文化中心對知識分子（包括文學家）的需要比其它任何地方都要強烈，在中心城市裏通常會形成很強的人才需求，這裏也為知識分子提供了大量的機會。在這些地方，知識分子從事政治或文化活動的舞臺比其它地方要顯得寬廣許多。二是知識分子自身的需求。在中國這樣一個政治、經濟與文化都高度統一的國度，知識分子的地位和價值、文學家的創作成就與名望，只有得到政治或文化中心地區人們的認同、贊許之後才可能佔有一席重要的位置。在這種情況下，知識分子、文學家們自己也需要盡可能接近並融入主流政治或文化之中。

## （二）中國近代文學史上的主要地域文學流派與嶺南文學

從地域文化的角度對中國近代文學進行深入系統的研究探索，目前尚處於起步階段。許多文獻資料有待於深入發掘和系統整理，許多基本的文學史問題和區域文化問題還遠未真正得到深入的考察。但有一點大家的認識還是相當接近的，那就是，地域文化與文學發展的關係十分密切，進行區域性的近代文學研究是一條值得探索的學術思路，也應當是一種大有可為的學術方式。

與整個中國近代文學研究的發展現狀相關聯，近代文學各種文體的地域性研究，開展的情況也大不相同，對各種文體的研究發展極不平衡。有的文體研究已經取得了一定的成果，而有些文體尚未正式開展有關的研究。這種研究進展不均衡的狀況其實限制了近代文學整體研究的深度和廣度。

在近代文學諸文體的地域性研究中，當推詩歌方面取得的成就最為突出，其中汪辟疆的開創之功最可稱道，也最富啟示意義。汪辟疆在著名論文《近代詩派與地域》（一名《近代詩人述評》）中，以地域為標準，將近代詩家分為六大流派：湖湘派、閩贛派、河北派、江左派、嶺南派和西蜀派，並指出：「此六派者，在近代詩中，皆確能卓然自立蔚成風氣者也。」關於嶺南詩派，汪辟疆簡略考察了它的源流發展，並在此基礎上論述其特點說：「此派詩家，大抵怵於世變，思以經世之學易天下，及餘事為詩，亦多詠歎今古，指陳得失。或直溯杜公，得其沉鬱之境；或旁參白傅，效其諷諭之體。故比辭屬事，非學養者不至，言情託物，亦詩人之本懷。其體以雄渾為歸，其用以開濟為鵠，此其從同者也。」此為嶺南詩派的總體特點。在這一主流派詩家之外，尚有另一派，可謂為非主流派詩家，他們的詩歌呈現出另外一種面目。汪辟疆同樣指出：「顧嶺南詩學，雄直之外，亦有清蒼

幽峭近於閩贛派者，……與嶺南派風格、迥乎異趣。是又於雄直之外自闢蹊徑者也。」[1]這篇論文最集中地體現了汪辟疆從地域角度研究近代詩歌的基本觀點，多有獨到之見。後來的某些相關研究大多深受此文的啟發，未能完全超越這篇初作於中華人民共和國成立前、後經數度修改的文章的水準。從這篇文章中更可見汪辟疆對近代嶺南詩派風格與地位的重視。

從另一個角度看，有學者將追求「獨闢新界而淵含古聲」[2]，「鎔鑄新理想以入舊風格」[3]，或者「以舊風格含新意境」[4]的一批詩人稱作「詩界革命派」。假如使用這一稱呼並進而考察此派詩人的話，就會發現，在「詩界革命派」中，嶺南詩人占居了最為重要的地位，此一詩派中的核心人物大多是嶺南詩人。從以上兩個方面的情況來看，完全可以說，無論就思想成就還是就創作風格方面來說，嶺南詩派在整個中國近代詩歌史上都佔有十分突出的地位。

清詞的發展在整個中國詞史上的地位也是十分重要的。它不僅是宋代以後詞體的又一個作家作品眾多、創作與理論成就突出、各種風格繁榮發展的時期，而且是在創作上和理論上進行全面總結的集大成時期。地域文化視野中的嶺南近代詞，雖不如嶺南詩派那樣自成面目，但也取得了突出的成就。嶺南近代文學家中，擅長詩歌創作者大多兼擅詞的創作，出現了許多集詩人詞人於一身的傑出人物。詩詞兼長、集詩人與詞家於一身的情形，不僅是嶺南近代文學史的重要現象，也可以說是中國近代文學史乃至自唐宋以來中國文學史的重要現象之一。這一方面固然與詩詞兩種文體的密切關係有關，也與唐宋以

---

1　汪辟疆：《汪辟疆文集》（上海市：上海古籍出版社，1988年），頁292-318。

2　梁啟超著，舒蕪校點：《飲冰室詩話》（北京市：人民文學出版社，1959年），頁1。

3　同上書，頁2。

4　同上書，頁51。

來詩詞兩種文體重要的文化地位有關，與中國傳統的教育方式也有著密切的關係。

嶺南近代詞家的創作，入手取徑與藝術風格多與常州詞派相近。以珠江三角洲為中心的廣府地區產生了為數不少的詞人，成為嶺南近代詞壇上一支引人注目的創作隊伍。另外，更形成了以「清季四大家」中之兩位著名詞人桂林王鵬運、況周頤為核心的「臨桂詞派」，在嶺南近代詞壇佔有特別重要的地位。王鵬運還被稱為「近代四大詞人之冠」[5]。從總體上說，嶺南詞是在常州詞派的影響之下發展的，但也在一定程度上形成了自己的地方特色，使常州詞派的風格更加豐富多采，使其內涵更加豐富，也推動了詞體的發展。嶺南近代詞也是中國近代詞總體成就的重要組成部分，在中國近代詞史上同樣應當佔有一席重要地位。

中國近代散文史上的最大流派當然是後期桐城派和在此基礎上發展起來的湘鄉派。此外，「文選派」作家也時與桐城派、湘鄉派散文家爭雄，但在總體上終究無法動搖其統治地位。或由於學術淵源的關係，或由於文章正統的影響，也有時是由於科舉考試的作用，許多嶺南近代散文家也頗受桐城派、湘鄉派散文的影響與沾溉。但是，這些散文家和他們的作品畢竟難以成為嶺南近代散文最高成就的標誌。

足以代表嶺南近代散文最高成就的，無疑是「新文體」散文。這一散文流派當之無愧的代表人物就是中國近代文學史上獨一無二的全才式文學家梁啟超。他不遺餘力地宣傳號召並身體力行，在他的身邊，聚集著一批有志向、有才情、有作為的新文體散文作家，其中的不少人就是嶺南文學家。「新文體」作家群不僅是嶺南近代文學史上的一個重要的文學派別，更重要的是，它還是整個中國近代文學史上

---

5　郭延禮著：《中國近代文學發展史》第二卷（濟南市：山東教育出版社，1991年），頁1467。

的一個發生了深遠影響的引人注目的文學群體。當革命派文學家繼維新派之後正式活躍於文學舞臺上的時候,他們在新文體的基礎上,將近代散文在政治化、時代化、口語化、通俗化的發展道路上又大大地向前推進了一步。在這支充滿生機、雄心勃勃的年輕的文學創作隊伍中,到處可見嶺南人的身影,嶺南散文作家仍然具有舉足輕重的地位。完全可以認為,在近代散文發展歷程中,嶺南散文家發揮了不可或缺的重要作用,擁有十分突出的文學史地位。

近代小說的研究,在顯得普遍較為冷落的近代各體文學研究中,是一個比較熱鬧的領域,取得的成果也較為豐富。但是,直至目前,尚未見到從地域文化角度研究近代小說並以地域為標準給近代小說劃分流派的做法,這大概與小說這一文體的特殊性和近代小說發展的獨特性有關。這一時期產生小說最集中、數量也最多的地區無疑是近代文化中心上海,近代不同時期、各種類型的小說家們,許多人都與上海發生過這樣或者那樣的文化關聯。

嶺南小說家的地位與貢獻,比起嶺南詩人、詞人、散文家來,不免顯得遜色。但是也出現了堪稱嶺南小說家之翹楚的近代「四大譴責小說」作家之一的高產作家吳沃堯。他的小說創作以數量眾多、品種齊全、內容豐富、藝術純熟,廣為人們所稱道,在文學史上享有崇高地位。還有足以作為嶺南革命派小說家代表的黃世仲,以小說創作為民主革命運動呼號,自覺以文學活動為革命服務,出色地履行了一個政治家、革命家型小說作者的使命。而處於新時代到來前夕、徘徊於僧俗之間的天才文學家蘇曼殊,且不論他在詩歌、散文、翻譯文學、繪畫等方面的建樹,僅就小說來說,也可以說他是出現於近代嶺南、具有全國性影響的傑出小說家。蘇曼殊的小說作品不僅帶有鮮明的個性色彩,而且反映了文學與文化即將發生根本性變革前夕的重要現象,透露出一批作家和廣大青年極其複雜的文化心態,其文學史和社

會文化史的意義都是其它作家的創作難以取代的。嶺南小說取得的突出成就，也使得它在整個中國近代小說史上佔有一席獨特的地位。

在近代文學諸文體中，要屬戲劇的研究最為冷清。大量的原始資料仍然按照從前的樣子躺在那尚未廣為人知的地方，許多基本情況仍然沒有調查研究清楚，大片大片的學術空白長時間地得不到填補。與這種十分不正常的情況相關，也由十分薄弱的學術基礎所限定，近代戲劇的研究總體上仍然顯得很滯後。嶺南近代戲劇同樣沒有能夠得到真正的地域化研究。在這種情況下，我們無法從總體上對嶺南近代戲劇進行地域化的流派劃分和進一步的文獻清理與專題研究。但是，從戲曲劇種的角度考察，還是可以認識嶺南近代戲劇的獨特性及其在整個中國近代文學史、中國近代戲劇史上的地位。

傳統的傳奇雜劇在經過清代乾隆末年至道光初年的一段沉寂之後，在晚清民國時期現出了最後一次光彩，宛如戲劇天空中的一朵絢麗的晚霞。這就是近代戲劇改良運動及其帶來的一批創作收穫。而這次戲劇改良運動的最得力的宣傳家和劇作家就是梁啟超，其後又有革命派戲劇組織「志士班」的戲劇演出活動，也為近代戲劇向著政治化、現實化與民眾化的道路發展做出了積極的努力。

一些嶺南文學家在京劇劇本創作及其文學化、精緻化、高雅化方面起到了十分關鍵的作用，如沈宗畸、羅惇曧等就是。此外，嶺南地區的地方戲，如粵劇、潮劇、漢劇、桂劇、瓊劇、採茶戲、彩調戲等，也出現了一批引人注目的劇作家和劇本。這些成就不僅展示著嶺南近代戲劇的豐碩成果，也確立了嶺南近代戲劇在整個中國近代文學史、中國戲劇發展史上的重要地位。嶺南劇壇取得的這些成績，與京津地區京劇的不斷改革、繁榮發展，與黃吉安、趙熙等宣導並實踐的川劇改良，與陝西地區戲劇改良團體的成立和秦腔演出與改革活動，與以留日學生為主體的早期話劇團體的戲劇演出、革命活動一道，構成了中國近代戲劇史上最富光彩的篇章。

## （三）嶺南近代文學在整個中國近代文學史上的突出地位

考察作家作品的文學史地位，確立文學流派、創作團體的文學史價值，可以從不同的角度，以不同的標準去衡量。我們從地域文化的角度，在近代文學發展的動態過程中考察嶺南文學取得的成就，確立嶺南文學在整個中國近代文學史上的地位與作用，一方面可以加深對嶺南文學本身諸方面成就的認識，另一方面也有助於認識整個中國近代文學的全貌，促進中國近代文學研究的縱深發展。

在中國近代文學八十年的歷程中，有許多地區的文學流派、文學家取得了傑出的文學成就，有的文學作品和理論著作足以代表中國近代文學的最高水準。在散文方面，有以梅曾亮、管同、方東樹和姚瑩為代表的後期桐城派，以曾國藩為核心，包括郭嵩燾、左宗棠以及曾國藩的傑出弟子吳汝綸、張裕釗、薛福成、黎庶昌等為代表的湘鄉派。在詩歌方面，宋詩派中，以程恩澤、祁寯藻、鄭珍、莫友芝、何紹基、江湜等為代表的山西、湖南、貴州、江蘇等地的詩人佔有突出的地位。同光體詩派內部，可以詩人創作取徑與風格特色，按照地域分為三個重要的分支，即以陳三立為首的江西派，以沈曾植為首的浙江派，以鄭孝胥、陳衍為首的福建派；還有同以宋詩為主要宗法對象、難以歸入上述三派而創作成就相當突出、自成面目的以范當世、夏敬觀等為代表的一批詩人。近代詩壇上的湖湘派詩人如王闓運與鄧輔綸，蘇州籍詩人曹元忠和汪榮寶等也都顯示出突出的創作實績。而由柳亞子、陳去病和高旭發起，1909年11月13日在蘇州成立，辛亥革命之後發展至近二千人的革命文學團體南社，成員以江蘇、浙江、福建、廣東等省份居多。凡此均可見文學興盛發展與地域文化繁榮的相關性。

將嶺南近代文學理論與創作實績與其它地域文學狀況粗略比照，

就會發現，無論文學理論、詩詞、散文、小說、戲劇的哪一個領域，
不僅都有嶺南文學家參與活動，而且，嶺南文學家的文學成就，不論
就數量而言，還是就品質來說，與其它較興盛的地域如湖南、福建、
江蘇、浙江、江西、四川、貴州等相比，都可以說不僅毫不遜色，而
且，嶺南文學以其特有的地方文化色彩和獨特的思想與藝術實績，為
中國近代文學史增添了嶄新的內容，使近代文學各個方面變得更加豐
富，使八十年的中國近代文學史變得愈發精彩。完全可以認為，嶺南
近代文化是整個中國近代文化一個十分重要的區域，嶺南近代文學是
整個中國近代文學一個舉足輕重的組成部分。嶺南近代文學與同時期
其它多個地域的文學成就一道，共同構成了中國近代文學史的核心與
主幹。

　　對中國近代文學來說，嶺南近代文學絕非可有可無、不關痛癢。
如果缺少了嶺南近代文學，整個中國近代文學的總體成就就不能不大
打折扣；研究中國近代文學，假如忽視了嶺南近代文學，就不能不
說，這樣的研究非但明顯不完整，而且有重大欠缺。因此，嶺南近代
文學在整個中國近代文學中的突出地位顯而易見，嶺南近代文學貢獻
給中國近代文學史的成果巨大而獨特，非其它任何地域的文學成就所
可替代。正是由於嶺南近代文學與其它地域文學如上海文學、湖湘文
學、江浙文學、福建文學、江西文學、巴蜀文學的共同創造與共同貢
獻，才造就了中國近代文學史的高峰，使中國近代文學史煥發出奪目
的光彩，使它成為幾千年中國文學發展史上一個十分特殊而且非常重
要的發展階段。

## 二 嶺南古今文學史視野中的嶺南近代文學

### （一）宋元以前嶺南文學發展的基本趨勢

五嶺以南的珠江流域，與黃河流域、長江流域一樣，也是中華文明的重要發祥地之一。嶺南文學的萌芽同樣較早，可以追溯到遠古的神話傳說時代，但是有關的文獻資料流傳極少。漢代至六朝時期，至今僅可以見到有關嶺南文學的零星記載。這些情況一方面說明嶺南文學的源遠流長，同時也表明嶺南文學的發展與中原文學之間有著極為密切的關係。

嶺南文學的真正發展並且與中原真正溝通，是在唐代。唐玄宗開元年間（713-741）的名相、著名詩人張九齡，不僅是改寫了整個嶺南文學史的人物，而且是當時在全國產生了廣泛影響的詩人。作為唐詩發展最為關鍵時期的一位政治家型的詩人，張九齡繼陳子昂等人之後，努力進行理論上的宣導和創作上的實踐，對扭轉齊梁以來採麗競繁、而興寄都絕的浮豔詩風起到了重要的作用；更為重要的是，由於張九齡的努力，嶺南文人與中原文人從此聲氣相通，愈來愈多的嶺南文人向中原文化學習，人們也開始注意到嶺南文人的重要存在。因此有學者指出：「嶺南詩派，肇自曲江。」[6]把張九齡看做是嶺南詩派的開創者，自有道理，更可見張九齡對嶺南文學史和整個中國文學史的非凡貢獻。

晚唐五代以後，嶺南文壇有影響的詩人文人時常出現，有的甚至發生了全國性影響。至北宋初年，更有余靖這位歐陽修詩文革新運動的同路人和參與者的出現，不僅在嶺南文學史上佔有重要的地位，而

---

6 汪辟疆：《近代詩派與地域》，《汪辟疆文集》（上海市：上海古籍出版社，1988年），頁314。

且對改變當時全國的詩風文風也作出了突出的貢獻。

趙宋王朝忍辱受欺,最後竟至南渡,雖為宋朝重文輕武、政治上和軍事上一貫軟弱的必然後果,卻是政治文化中心由北向南轉移的最重要的契機。國都南遷,自是迫不得已,但是一個意想不到的結果就是帶來了南方地區文化的迅速發展和持續繁榮。這種變化不僅直接影響了江浙地區,也間接波及到福建、廣東乃至整個嶺南地區。另一方面,宋代許多重要政治家、文學家的一再被貶嶺南,也起到了進一步溝通聯絡嶺南與中原風氣的作用,對促進嶺南地區文化與文學的發展,發生了相當大的作用。

南宋後期,嶺南文學家輩出,嶺南文學史上第一次出現了較大規模的興盛局面。崔與之、李昂英都是此時出現的重要文學家。南宋末年,在南宋朝廷即將傾圮和已經滅亡的時候,嶺南還湧現出一批矢志不渝忠於宋朝、反對元朝統治、堅守民族氣節的文學家,為一向重視藝術個性、講究文行出處的嶺南文學寫下了鮮明亮麗的一頁。

元代嶺南文學可以一提的成就不多,這既是由於元朝存在的時間短暫,只有八十九年的時間,政治文化中心再次北移到北京,嶺南地區仍屬偏遠之地,產生具有全國性影響的文學家的可能性比宋代大大降低;也是由於政治動盪、戰事頻繁等因素的影響,大量的文獻資料無法保存下來,今天已經難以見到全面地反映元代嶺南地區文學狀況的記載了。

## (二)明清時期嶺南文學的繁榮發展

明清兩代是嶺南文學真正獲得空前繁榮和迅速發展的時期。明代初年,嶺南文壇就出現了前所未有的興盛勢頭。在詩、詞、文方面都取得了令人矚目的成就。充滿活力、銳意進取的年輕詩人孫蕡、王佐、趙介、李德、黃哲組成的「南園五子」,雖然他們活動的時間不

算長，但對明代嶺南詩壇的開創之功是難能可貴的。這五位詩人的文學史地位，正如《四庫全書總目》中所評論的：「粵東詩派，數人實開其先，其提倡風雅之功，有未可沒者。」[7]明代中葉又有身兼官宦、學者與詩人多重身份的丘濬、陳獻章、黃佐，以他們在政治、學術、文學各方面的建樹，產生了全國性影響，不僅在嶺南文壇佔有重要地位，就是在全國也應有一席之地。

至嘉靖年間，嶺南文學再次出現了高潮。此時有「南園後五子」歐大任、黎民表、梁有譽、李時行和吳旦的崛起，他們不僅成為嶺南文學史上五顆奪目耀眼的新星，而且詩名文名遠揚中原。尤其是其中的梁有譽，更成為有名的明代「後七子」之一，成為在全國產生深遠影響、享有崇高聲望的著名文學家。自唐代張九齡之後，嶺南文學家還是第一次獲得如此引人注目的地位。明代末年，在嶺南文壇上又出現了一個文學社團，就是以黎遂球、陳子壯等十二位詩人文人為代表的「南園十二子」；鄺露、黎遂球與陳邦彥又合稱「嶺南前三家」，其中鄺露更是一位經歷奇特、詩格獨具的傑出文學家。

處於明末清初易代之際的三位文學家屈大均、陳恭尹和梁佩蘭被譽為「嶺南三家」。他們以沉痛的故土故園之思、自成面目的風格造詣，將嶺南詩詞與散文的發展推向了前所未有的新高度，在全國文壇也足以佔有突出的地位。可以認為，「嶺南三家」的出現，標誌著嶺南文學經歷了自唐代以來長時期的積蓄醞釀之後，發展的高潮已經到來；也標誌著嶺南文人作為一個地域性的文學家群體，到此時才真正建立起自己的風格特色，從此以後就足以在全國文壇佔有一席不可或缺的重要地位，再也難以動搖。

稍後，著名文學家有出身於粵北韶州曲江的廖燕，這是一位全才

---

7　永瑢等撰：《四庫全書總目》卷一百八十九（北京市：中華書局，1965年），頁1714。

型的取得了多方面創作成就的文學家。乾隆、嘉慶年間，還有馮敏
昌、黎簡、宋湘這些在當時全國文壇都享有相當高聲望的作家。以此
三人為中心，形成了有較大影響的文學群體，如張錦芳、馮敏昌與胡
亦常合稱「嶺南三子」；張錦芳、黃丹書、黎簡和呂堅四人又稱「嶺
南四子」。此時的嶺南作家，以嶺南詩風文風相號召的意識已經相當
明顯。

至清中葉之嘉慶、道光年間，嶺南文壇仍然人物眾多，而且有大
家為其代表。他們就是號稱「粵東三子」的譚敬昭、黃培芳和張維
屏。這三人在嶺南文學史上佔有十分特殊的地位。他們和他們的創
作，已處於從古代嶺南文學向近代嶺南文學過渡轉換的關鍵時期。他
們既是嶺南古代文學的一個有力總結，同時也是嶺南近代文學的輝煌
開端。他們對嶺南近代文學家產生了直接而明顯的影響。

明清兩代，除了上述詩、詞、文方面的成就之外，尤其值得指出
的是，嶺南文學史上出現了某些新的文體，文學創作領域和品種實現
了實質性的拓展，成為嶺南文學發展的一種意義極其深遠的新動向，
當然也是對嶺南文學史的新貢獻。具體地說，宋元以前在嶺南文學史
上並不發達或者不曾出現的文體樣式與文學領域，如小說、戲曲、文
學批評等，到明清時期開始出現並且逐漸顯示出活力。

嶺南小說和戲曲的發達較遲。唐代劉軻有小說《牛羊日曆》，其
後幾乎沒有什麼作品流傳。這一現象相當奇特，或許是文學史本來的
事實即如此，或許是由於種種原因，曾經存在過的作品沒有能夠流傳
下來。直至清代，才有黃岩所著《嶺南逸史》和禺山老人的《蜃樓
志》兩部長篇小說出現。

明代著名官僚、文學家丘濬創作了南戲劇本《五倫全備記》[8]。

---

8 筆者按：《五倫全備記》是否為丘濬所作，學界尚有爭議。茲姑從一般說法。

雖然宣揚封建綱常倫理的意圖非常明顯，以戲曲進行政治道德教化的
主旨相當直接，就戲曲本身來看並不能說它是一部十分成功的作品，
但是它反映出中國戲曲創作與發展過程中一種相當重要的戲曲政治道
德化、說教程序化的傾向。此劇不僅在嶺南文學史上佔有極其突出的
地位，而且也是中國戲曲史上的重要作品。明代韓上桂的傳奇劇本
《淩雲記》也是嶺南文學史上的名作，亦堪稱中國戲曲史上的出名
作品。

廖燕創作《醉畫圖》、《鏡花亭》和《訴琵琶》雜劇三種，以其獨
特的藝術構思、富於創意的角色安排、濃重的抒情色彩享譽全國。廖
燕是嶺南古代文學史上獨樹一幟的戲曲家，也是中國戲曲史上的傑出
作家之一。不僅如此，他在詩歌、文章方面取得的傑出成就也向來為
人們所稱道。廖燕是嶺南文學史上難得的獨具面目的全才型文學家。
黎簡也著有傳奇劇本《芙蓉亭樂府》，在戲曲人物身上和故事情節
中，寄寓自己對世事的懷念之情。

嶺南的詩話與詞話等傳統文學批評著作在明清兩代也出現了不
少。目前所知最早的是明代鄧雲霄的《冷邸小言》。至清代嘉慶、道
光年間，有黃培芳的《香石詩話》、《粵嶽草堂詩話》、《香石詩說》，
張維屏的《國朝詩人徵略》、《藝談錄》，梁九圖的《十二石山齋詩
話》等等。自此以後，嶺南的文學批評也逐漸活躍起來，並逐漸形成
了自己突出的批評風格和地方特色。

由這些方面的新變化中，我們可以得到這樣的認識，宋元以前嶺
南文學的主要成就集中表現在詩、詞、文方面，而小說、戲曲等文體
的發展十分滯後，幾乎沒有取得足以進入文學史的重要成就。這與中
國傳統的文體雅俗尊卑觀念有著密切的關聯。明清時期，由於嶺南文
學自身的發展開拓，更由於當時整個中國文學格局正在醞釀發生著一
次重大變遷，嶺南文學中幾種主要文體的整體格局及相互關係也在發

生著深刻的變化，出現了許多令人耳目一新的嶄新氣象，最重要的表現就是小說、戲曲等俚俗的文學體裁開始進入了文學家的創作視野。這種新氣象、新變化為近代至現代以來的嶺南文學的全面發展，為後來出現的嶺南文學的全方位繁榮，奠定了相當堅實的基礎。

## （三）嶺南近代文學在整個嶺南文學史上的獨特地位

嶺南文學發展到近代，進入了全面繁榮、影響深遠的時期。嶺南近代文學取得的成就，使它足以在整個嶺南文學史上佔有十分獨特、極其重要的地位。從總體上考察整個嶺南文學的發展歷程，從遠古直到當代，嶺南近代文學產生的作家作品，取得的成就，以及它所發生的歷史影響，都是空前的。嶺南近代文學達到的文學史高度，不僅超越了嶺南古代文學，使嶺南文學的總體成就達到了前所未有的新高度，而且，從文學史繼承發展和不斷演進的觀點來看，嶺南近代文學也為現代以來嶺南文學的持續發展與不斷繁榮作了必不可少的文學準備。因此，從總體上考察整個嶺南文學的歷史進程，完全可以認為，嶺南近代文學既是嶺南古代文學的一個光彩照人的總結，也是現代嶺南新文學的一個引人矚目的開端。

嶺南文學發展到近代，進入了一個各種文學樣式全面繁榮、各種文體全面發展的時代。在嶺南近代文學史上，從文學理論、文學批評，到古近體詩、詞曲、散文、長短篇小說、傳奇、雜劇、地方戲劇等各種文體，都湧現出大量的作家和作品，其中的佼佼者不僅代表了嶺南文學史上第一流的成就，而且對整個中國文學史作出了傑出的貢獻。這一時期，嶺南文學中發展較早的詩詞、散文等文體，不但沒有沉寂，沒有衰微，反而在歷代傑出成就的基礎上繼續發展，不斷向新的高峰挺進，取得了更高的成就。另一方面，更加引人矚目的是，發展相對較遲的文學樣式如小說、戲曲等，在近代新的文化背景和文學

氛圍觸發下，得到飛速發展，達到極高的成就，呈現出後來者居上的
勢頭。諸種文學樣式全面繁榮，各個文學領域共同發展，這是文學高
潮到來的重要標誌。嶺南近代文學的發展，就呈現出這種難得的景
象，各主要文體趨於成熟，各個方面取得成就，為另一個新時代的文
學發展提供了寶貴的經驗，成為新的文學發展的堅實基礎。

　　嶺南文學發展到近代，成為一個群星璀璨、名家輩出的時代。回
顧嶺南近代文學史的人物畫廊，考察八十年文化轉型期的文學群體，
可以發現，無數文學群星裝點了嶺南近代文學的璀璨天空。在這繁星
點點的夜空中，有許多十分耀眼的星辰，他們就是嶺南近代文學史上
最傑出的文學家們。他們的文學成就代表了嶺南文學的最高水準，也
足以代表整個中國近代文學取得的最高成就。有在文學理論與批評、
詩詞、散文、小說、戲曲、翻譯文學、地方文藝等幾乎所有的文學領
域都取得了第一流成就的全才型文學家梁啟超；文學理論與批評方面
有潘飛聲、梁廷楠、況周頤；詩歌方面有張維屏、朱琦、黃遵憲、丘
逢甲、胡漢民、黃節；詞方面有王鵬運、陳洵以及「粵東三家」葉衍
蘭、沈世良和汪瑔；散文方面有康有為、鄭觀應、朱執信和汪兆銘；
小說方面有吳沃堯、蘇曼殊、黃世仲；戲曲方面，除傳奇雜劇有梁廷
楠、梁啟超，京劇劇本創作上有羅惇曧，桂劇創作上有唐景崧之外，
嶺南地方戲曲各劇種的創作與演出過程中，也都出現了一批具有過人
才華的戲曲作家和演員。

　　還必須一提的是嶺南近代文學史上另外三位傑出的人物：一位是
南社文學家、廣東香山的蘇曼殊，他在詩歌、小說、文學翻譯等方面
取得的成就，影響極其深遠；另一位是南社文學家、桂林的馬君武，
他的詩歌和文學翻譯作品堪稱是第一流的成就；還有一位是翻譯文學
家、廣東新會的伍光建，他所翻譯的小說至今為人們喜愛。三人在翻
譯文學方面取得的全國第一流的成就，顯示了嶺南近代文學成就的多

種多樣，也是嶺南文學發展高潮正式到來的一個重要標誌。正是由於
以這些文學家為主體的嶺南眾多文學領域的創造者，造就了嶺南近代
文學真正全面繁榮局面的出現，昭示了嶺南文學發展史上最高峰的
到來。

近代文學結束之後，中國文化總體上進入了最具有現代意義的也
是最為艱難的文化轉型過程，文學的發展也與這個過程有著極為密切
的關係。嶺南文化和嶺南文學當然也處在這一深刻而艱難的文化變革
過程中。從總體上說，現當代的嶺南文學仍然處在持續發展的歷程
中，在各個領域、諸種文體上也都出現了相當出色的作家和作品，其
中不乏發生了全國性影響的傑出作家和作品，在整個中國現當代文學
史上擁有重要的地位。這一點，在中華人民共和國成立至文化大革命
爆發前十七年的文學中有明顯的表現。而自從新時期以來，以廣東為
主體的嶺南地區再次充當了文化變革中得風氣之先者的重要角色，這
裏成為全中國的一個在許多方面都可以先行一步的地區。這種文化機
遇為文學的發展也提供了全新的廣闊的空間，嶺南當代文學至今在中
國當代文學中擔當著一個比較重要的方面軍的角色，展示出獨特的創
作個性，具有重要的地位。但是，從迄今為止嶺南現當代文學的總體
成就和總體影響來看，不能不承認，它還不足以與嶺南近代文學所達
到的高度和所產生的影響相提並論。

從對自古及今的嶺南文學發展歷程的這一十分簡略回顧中可以看
到，嶺南近代文學不僅僅是整個嶺南文學發展過程中的一個不可或缺
的重要環節，而且，它是迄今為止嶺南文學最高峰的標誌，是嶺南文
學特性最集中、最充分的展現。嶺南近代文學正處於嶺南文化由傳統
到現代的深刻文化轉型過程中，這個過程實際上也是文學由傳統走向
現代的過程。嶺南近代文學正是這一文化過程與文學過程的真實記錄
和集中反映。

由於中國文化和中國文學的轉型過程尚未完成，就使得中國近代文學具有相當直接的現實意義。嶺南近代文學當然也具有這種現實意義；而且，嶺南近代文學在作家作品、各種文體、文學觀念、基本格局等方面表現出來的特徵，往往是整個中國近代文學總體特徵的集中體現。它的文學史意義已經不僅限於嶺南，更是全國性的。因此，我們說，嶺南近代文學在整個嶺南文學發展史上，佔有十分獨特、極其重要的地位，擁有其它任何時期的文學都難以匹敵的文學史和文化史意義。

## 三　嶺南近代文學諸文體的歷史影響

嶺南近代文學的獨特成就、歷史地位已略如上述，它在嶺南文學史上、在整個中國近代文學史上發生重要的影響，就是情理之中的必然。事實也是如此。就同時代來說，嶺南近代文學對中國其它地域與其它流派的文學產生了重要影響。這種情形的出現，與近代嶺南籍文學家經常在嶺南以外的地區生活和創作有很大關係，也與近代文學流派數量眾多、聯繫密切而且關係複雜有關。從歷時性的角度進行考察，也可以發現，嶺南近代文學對嶺南現當代文學的影響也是巨大而深刻的。為了敘述的方便，我們以嶺南近代文學各種文體、不同領域產生的影響的一些側面為線索，考察嶺南近代文學所發生的共時性和歷時性歷史影響，試圖對嶺南文學的歷史影響這一較寬泛的問題進行一點具體的討論和說明。

### （一）文學理論與批評

文學理論與批評並不是一種文體，而是文學的一個基礎性的重要的領域。它對一個時代、一個文化區域文學的基本面貌、總體格局、

創作走向、風格特徵都有著重要的影響，有時甚至會發生決定性的影響。文學理論與批評的目標主要在於理論形態建設和運用理論進行文學評論，它與具體的文學創作活動關係極為密切，不可分割。嶺南近代文學的發展進程與同一歷史時期、同一文化區域的文學理論與批評的關係也當然不能例外。因此，在討論嶺南近代文學的歷史影響的時候，這是一個不可忽視的重要方面。

如前所述，嶺南的文學理論與批評發展較晚。但是，到了近代，這一領域出現的進步十分顯著，而且，嶺南近代文學的歷史發展過程，在很多時候、在很大程度上得益於文學理論與批評的率先變革。深受嶺南近代文學理論與批評澤惠的不僅限於嶺南近代文學，而且影響到整個中國近代文學理論與批評的基本面貌，也影響了中國近代文學各種文體發展變遷的許多方面。

梁廷楠的曲論著作《藤花亭曲話》，強調戲曲勸善懲惡、道德教化的作用，尤其高度地評價以堅持個人操守、弘揚民族氣節、宣傳愛國精神的戲曲作品，探討和總結戲曲創作的經驗與規律，注重戲曲創作的獨創性，從對戲曲家的比較之中展示他們各自不同的風格特色。這部曲話的價值已經不僅限於對歷代戲曲作家作品的品評總結，它所表現出來的理論特點和評判尺度，實際上帶有相當強烈的時代特色，與近代戲曲理論發展的總體趨向表現出相當多的一致性，與近代戲曲作品的創作實績也表現出相關相應的密切聯繫。

黃遵憲在完成於光緒十三年（1887）的《日本國志》中提出的「語言與文字合，則通文者多」[9]的主張，與他年僅二十一歲時在《雜感》詩中喊出的「我手寫我口，古豈能拘牽」[10]的響亮口號，在

---

9　黃遵憲：《日本國志》卷三十三《學術志二》，光緒十六年（1890年）羊城富文齋刊本，頁6。

10　黃遵憲：《人境廬詩草》卷一（北京市：商務印書館，1931年），頁6。

他的詩歌、散文創作實踐中都得到了很好的貫徹。黃遵憲關於文學語言通俗化、口語化與大眾化的理論主張和創作實踐，啟發了後來梁啟超等人關於「文界革命」的理論主張和「新文體」創作實踐，對整個中國近代文學語言總體走向口語化和通俗化的道路影響巨大。而且，黃遵憲在詩歌、散文方面的一系列理論思想和出色實踐，直接啟發了五四新文化運動時期胡適、周作人等新一代的文學思想家，對中國現代新詩、現代散文的產生和發展，都有著巨大的指導作用。這一點，在胡適《五十年來中國之文學》和周作人《中國新文學的源流》二書中都有非常清楚的表述，二人對黃遵憲文學成就與思想成就的欽佩之情歷歷可見。而且，作為五四新文化運動的健將、作為文學理論與創作實踐都極有成就的傑出文學家，胡適和周作人受到黃遵憲直接而深刻的影響是顯而易見的事實，他們二人是黃遵憲發生的重大歷史影響的最有說服力的證明。

嶺南近代文學史上最傑出的文學思想家，也是整個中國近代文學史上最傑出的文學思想家梁啟超，宣導、組織並身體力行的文學改革運動及其理論成果，是嶺南近代文學理論、文學改革成就的最集中體現，也是中國近代文學理論和文學運動發展的最高峰。這次文學運動作為整個中國文學發展史上著名的文學運動之一，在近代以來的中國文學史與文化史上產生了極其深遠的歷史影響，它對近代詩歌、散文、小說與戲曲的發展，實際上起到了理論基礎和輿論引導的作用。

梁啟超代表性的理論觀點，往往在很大程度上決定了這次文學改革運動的基本面貌和總體趨勢。他在完成於光緒二十五年（1899）的《汗漫錄》中正式提出「詩界革命」和「文界革命」的響亮口號，認為：「欲為詩界之哥命布、瑪賽郎，不可不備三長：第一要新意境，第二要新語句，而又須以古人之風格入之，然後成其為詩。不然，如移木星、金星之動物以實美洲，瑰偉則瑰偉矣，其如不類何！若三者

具備，則可以為二十世紀支那之詩王矣。」[11]這種主張成為中國近代詩歌改革的基本綱領。還有，他在《飲冰室詩話》中進一步概括的「鎔鑄新理想以入舊風格」[12]，「以舊風格含新意境」[13]的詩歌改革主張，一直成為「新派詩」作者們遵循的指導思想。

「文界革命」運動在梁啟超的理論宣導和積極實踐下取得了突出的成績。在不過短短幾年的時間裏，就形成了一種博採古今中外、綜合俚俗雅正的半文半白、通俗易懂的新的散文樣式「新文體」。這種極為生動活潑、極富生命力的新文體，借助於報刊迅速而廣泛地傳播，在全國範圍內產生廣泛影響，一時之間大有取代清代最為龐大的被視為散文之正宗的桐城派的勢頭。梁啟超曾描述當時的情形說：「啟超夙不喜桐城派古文，幼年為文，學晚漢魏晉，頗尚矜煉，至是自解放，務為平易暢達，時雜以俚語韻語及外國語法，縱筆所至不檢束，學者競倣之，號新文體。老輩則痛恨，詆為野狐。然其文條理明晰，筆鋒常帶情感，對於讀者，別有一種魔力焉。」[14]

梁啟超光緒二十八年（1902）發表於《新小說》雜誌創刊號上的《論小說與群治之關係》，不僅提出了「小說界革命」的口號，而且對此次運動的基本理論問題都進行了闡述。他在同一篇文章中提出的「小說為文學之最上乘」[15]的主張，不僅帶來了小說理論文章和著作迅速繁榮的局面，規定了「小說界革命」運動的基調和走向。更為引人

---

11 梁啟超：《汗漫錄》，鍾叔河主編：「走向世界叢書」之《歐洲十一國遊記二種‧新大陸遊記及其它‧癸卯旅行記‧歸潛記》（長沙市：嶽麓書社，1985年），頁593。

12 梁啟超著，舒蕪校點：《飲冰室詩話》（北京市：人民文學出版社，1959年），頁2。

13 同上書，頁51。

14 梁啟超：《清代學術概論》（上海市：上海古籍出版社，1998年），頁85-86。

15 《新小說》第一號，光緒二十八年十月十五日（1902年11月14日）（上海市：上海書店，1980年複印本），頁3；又見《飲冰室合集‧文集》之十（北京市：中華書局，1989年影印本），頁7。

注目的是，此文刊出之後不久，中國小說史上繼唐代傳奇的繁榮發展之後，第二個高度繁榮與迅速發展的時期，即近代小說繁榮發展的時期到來了，成為中國小說自產生以來一次規模闊大、迅速繁榮、高速發展的全新的時期。正如阿英所說：「晚清小說，在中國小說史上，是一個最繁榮的時代。」[16]那時的「小說」概念實際上包括了傳統戲曲、說唱文學在內，因此，從文學史的發展事實來看，「小說界革命」的興起實際上也同時帶來了戲曲理論的繁榮，促成了戲曲改良運動的發生，也帶來了傳奇雜劇與地方戲曲創作的高度發展和迅速繁榮，對後來蔚為大觀的京劇、話劇的發展實際上也起到了積極的促進作用。

以梁啟超為核心、有多位嶺南文學家積極參與的這次文學改革運動，還影響並啟發了後來新一代年輕浪漫的革命派文學家們。在政治上，維新派與革命派矛盾重重；但在文學觀念上，他們卻表現出許多的共同性與一致性。革命派文學家在理論建設和創作實踐上繼承並發展了維新派的文學理論主張，把這一文學改革運動推進到一個新的水準。

梁啟超宣導的「詩界革命」、「文界革命」和「小說界革命」這「三大革命」運動，對後來新一代的文學家們，即五四時期的文學家們也產生了直接而深刻的影響。從五四新文化運動時期的白話新詩、白話文運動、現代小說、現代話劇運動的理論主張和創作實踐中，可以清晰地感受到近代文學革新運動的歷史迴響。從這個意義上說，以嶺南近代文學思想家為核心的近代文學改革運動的歷史影響，跨越了近代與現代的時代界限，跨越了傳統文學家與現代文學家的時代隔膜，它的歷史功績是極其深刻的；其它任何地域、任何時代發生的文學運動都難與此相比。

---

16 阿英：《晚清小說史》（北京市：人民文學出版社，1980年），頁1。

完全可以說，五四新文學的產生和發展，一方面與西方（包括明治維新以後的日本）文學的啟發和促動密不可分；另一方面，也是更根本的方面，是以中國近代文學改革運動為堅實鋪墊和深層理論基礎的。以往很多時候，我們恰恰忽略了這至為關鍵的一個方面。從這個意義上可以說，如果不努力打通目前普遍流行的「古代」、「近代」、「現代」以及「當代」的狹隘界域，不真正深入研究近代文學發展的歷史過程，不真正全面地清理近代留下的豐富而複雜的文學遺產，就難以真正深入地研究現當代文學。

## （二）詩與詞

古近代之交的廣州詩人張維屏，在外族入侵的時候，飽含著愛國激情，創作了讚美三元裏人民抗英鬥爭的詩歌《三元裏》、《書憤》、《越臺四首》與《三將軍歌》等；同時的黃培芳也寫下了《道光庚子臘月中旬感事六首》、《雜感》和《粵東省垣失守感賦》等極具時代特色的詩篇。從詩歌發展的角度看，這樣的創作已經開啟了中國近代詩歌中反帝愛國這一中心主題的先河；這些詩歌中勃發出的雄渾昂揚的時代聲音，已經奏響了中國近代詩歌的主旋律。同樣主要生活於道光年間的海南詩人張岳崧，也留下了一些同情生民苦難、渴望國富民安的詩歌。「粵東三家」沈世良、葉衍蘭和汪瑔的詩詞，雖多以自歎身世、憂傷時事為主要內容，但也留下了一些反映當時社會現實尤其是重大歷史事件的作品，如太平天國運動、英國侵略者的野蠻入侵等等。

廣西馬平的著名文學家王拯（字定甫，1815-1876），在詩詞、文章等多方面都有獨特的建樹，取得了傑出的成就。他的詩和詞雖多以自懷身世、友朋唱和酬答為主，但是其中也明顯透露出近代以來中國社會發生重大變化的某些信息，也反映了傳統文人在新的政治環境下文化心態、創作方式的變化。王拯以其出色的文學成就和廣泛的影

響，成為廣西文學從古代向近代轉換過渡時期的關鍵人物。廣西桂林詩人朱琦寫下的反映鴉片戰爭時期內外交困的國家政治局勢的一批詩篇，如《老兵歎》、《定海紀哀》、《吳淞老將歌》和《關將軍歌》等，表現出激昂的反侵略愛國精神，與當時許多詩人創作的同類作品一道，構成了時代文學的最強音，在嶺南近代文學史上、中國近代文學史上久久迴響。

這種種情況的出現，透露出中國近代社會諸多方面發生的重要變化，而對社會現實的特別關注，對國家民族命運的深切憂患，中國文學的這一古老精神，正是在中國近代空前的民族危機與文化困境到來的時候，再一次得到充分的發展，達到了前所未有的水準。

被稱為「詩界革命」旗幟的黃遵憲，從早年提出「我手寫我口，古豈能拘牽」[17]，到後來正式宣導「不名一格，不專一體，要不失乎為我之詩」[18]，加上他本人極其出色的詩歌創作實踐，為在詩歌改革的道路上苦苦思索、頻頻試驗的一批詩人提供了深刻的經驗和成功的範例，最明晰地昭示著詩歌改革的方向。梁啟超就是深受黃遵憲詩歌創作啟發的一人，後來梁啟超對「詩界革命」運動的理論概括，與黃遵憲的詩歌主張多有相通之處。確切地說，是黃遵憲在詩歌創作實踐上取得的成功經驗，啟發了梁啟超重新深入思考詩歌改革切實可行的出路，人境廬詩為梁啟超的理論宣導和總結提供了一個範例。

黃遵憲的詩歌成就堪當嶺南詩壇古今第一之譽。作為「新派詩」的代表作家，黃遵憲在近代詩壇的全國性影響是空前廣泛的。他與諸多不同流派、不同地域的詩人有著頻繁的交往和密切的聯繫。黃遵憲當然也在接受他人的影響，受到他人的啟發。但是，無論從詩歌造詣

---

17 黃遵憲：《雜感》，《人境廬詩草》卷一（北京市：商務印書館，1931年），頁6。

18 黃遵憲：《人境廬詩草·自序》，錢仲聯：《人境廬詩草箋注》卷首（上海市：上海古籍出版社，1981年），頁3。

的高下，創作成就的高低來看，還是就在當時詩壇的影響與地位來說，黃遵憲對中國近代詩歌史的最大貢獻不僅在於他創作了大量的詩歌作品，更在於他影響和啟發了許多同時代的詩人以及無數的後代詩人。黃遵憲還是一位產生了世界影響的中國詩人，尤其在日本，他享有很高的威望，直到今天仍然如此。

深受黃遵憲影響的詩人潘飛聲，也是一位產生了世界性影響的詩人，由於他有過受聘赴德國講授中國學問的經歷，其學術影響和詩歌影響也走出了國界。這是嶺南近代詩歌發展的一種重要現象，更是中國近代詩歌發展的嶄新信息。走向世界的詩人們，首先是從嶺南走向了全中國，然後才走向了新世界。

另一位從人生經歷到個性氣質都充滿憂鬱的傳奇色彩的詩人蘇曼殊，在詩歌、小說方面的創作成就，在當時南社文學家中具有突出的地位，產生了廣泛影響。不僅如此，他的影響早已不限於當時文壇和南社內部，民國初年的許多小說家都曾深受他的影響。他的詩歌成為由古代向現代轉化的一代知識分子苦悶、彷徨與追求的象徵。尤其具有重要意義的是，現代文學史上的許多文學家都曾深受他詩歌和小說的啟發。蘇曼殊是中國文學走向現代前夕的一位代表作家，他的文化心態和文學個性反映了社會與時代變遷給文人心靈帶來的複雜變化與諸多痛苦，具有深刻的文學史和文化史意義。

南社另一位廣東詩人黃節，無論在詩歌創作方面還是在學術研究方面，都堪稱晚清民國時期嶺南文化史上的第一流人物。僅就詩歌創作而論，黃節的詩歌取徑和宗趣，在南社內部屬於非主流派，即與柳亞子、陳去病和高旭為首的以宗法盛唐、學習定庵詩的主導取向不一致，主要學習宋代詩壇的陳師道、梅堯臣諸大家，並上溯至魏晉時期。黃節以其深厚的學術根底和出色的詩歌造詣，在整個中國近代詩壇上產生了廣泛深遠的影響。以黃節為代表的一批詩人不僅成為南社

內部極為重要的一股具有制衡價值的力量，實際上構成了對南社主流派詩人詩歌創作的一種有力控制，同樣代表了南社詩歌創作的最高成就。從總體上看，以黃節等為代表的一批非主流派詩人的創作取徑和文學成就，對南社的文學創作起到了重要的平衡與制約作用；而且，隨著時代的變遷和文學的演進，這種作用應當愈來愈為人們所認識，他們的文學史貢獻應當日益充分地表現出來。

因此，可以說，以蘇曼殊、黃節為最傑出代表的嶺南近代詩人的創作追求和藝術成就，不僅是嶺南古典詩歌的一個精彩總結，同時也開啟了嶺南詩歌發展的新時代。

另一位南社重要人物、廣西桂林詩人、翻譯家和學者馬君武，在詩歌創作方面取得了傑出的成就。他以詩歌宣傳西方新的思想學說，促進中國的思想開化與啟蒙，以詩歌宣傳愛國主義思想，反抗帝國主義侵略，反對清王朝的野蠻統治，不僅在嶺南地區產生了廣泛影響，而且在當時也產生了全國性影響。他的創作主張，引導著後來許多青年人走上以文學為武器進行反帝反封建鬥爭的正確道路。

嶺南近代詞壇的成就雖比詩壇略遜一籌，但並不寂寞。與中國近代詞壇的總體情況一樣，嶺南近代詞也進入了總結集成時期。近代前期有既能詩也善詞的「粵東三家」沈世良、葉衍蘭和汪瑔，還有陳澧這樣詩詞文俱佳的人物，王拯在詞的創作上也取得了特別突出的成就，被稱為卓然自立的詞家，開啟了後來王鵬運、況周頤詞學詞作高峰的先聲。這些詞家及其創作展示了嶺南近代詞壇的新氣象，而且，就當時全國詞壇的狀況而言，將他們置於傑出詞人的行列中也毫不遜色。

近代中期則有黃遵憲、梁鼎芬、曾習經與羅惇曧等詩詞兼長的文學家。四人的詩歌成就無需贅言，他們的詞作在嶺南近代文學史上亦堪稱一流，在當時全國詞壇上也當佔有一席重要地位。他們的成就不

僅深深影響著當時和後來嶺南詞的發展，對所有近代詞人的影響也是深刻的。

近代後期的嶺南詞壇，更是進入了一個群雄並起、名家輩出的時期。潘飛聲、陳洵、廖仲愷和汪兆銘，都是此時詞壇最高成就的代表。潘飛聲的文名遠播海外，陳洵可以說是嶺南近代詞壇結束期最高水準的標誌；而早期的汪兆銘，以其出色的革命行動和傑出的文學才華，在詩詞方面，成為一代年輕革命派文學家的典範，他的詩詞在中國近現代文學史上產生了深遠的影響。另外，近代詞史上的著名詞家、江西萍鄉人文廷式，幼年隨父親在廣州度過，不論是學術取向還是詩詞創作，都曾經受到嶺南近代學風和文風的影響。

晚清四大詞人中，有兩位是廣西桂林人，這就是王鵬運和況周頤。二人不僅是中國古代詞學研究集大成的人物，而且各自都擅長填詞，在嶺南近代詞壇乃至整個中國近代詞壇都產生了廣泛而深遠的影響。錢基博評王鵬運詞風及影響時嘗指出：「其詞幼眇而沉鬱，義隱而指遠，蓋道源碧山，復歷稼軒、夢窗以上追東坡之清雄，還清真之渾化；與周濟之說固契若針芥也。由是常州詞派流衍於廣西矣。」[19]錢基博評況周頤詞亦有云：「頓挫排宕，柔厚沉鬱，千闔萬灕，略無爐錘之跡；而又嚴於守律，一聲一字，悉無乖舛。」[20]由這些品評之中，可見二人在近代詞壇的顯赫地位以及他們與近代詞風轉移變遷的密切關係。在詞壇產生如此深刻的歷史影響、在很大程度上左右一個時代詞風的詞家，不僅在嶺南近代文學史上並不多見，即使是在整個中國近代文學史上，也可以說是難能可貴的。

---

19 錢基博：《現代中國文學史》（長沙市：嶽麓書社，1986年），頁278。
20 同上書，頁287。

## （三）散文與文章

在中國傳統的文學觀念中，詩文向來被視為文學之正宗，它們的地位身價一直高於諸如小說、戲曲、說唱等通俗文學和市井文學樣式，因而處於中國文章學文學體系的核心地位。這種情況，一直到近代前期都沒有發生根本性的轉變。在如此強大的歷史慣性和文學風氣的制約與作用下，詩歌與散文在中國近代文學中仍然顯示出強大的發展潛力，成為近代文學諸文體中舉足輕重的兩大文體。嶺南近代文學雖然有其自身的地域特性和時代特點，但是從總體上看，它仍然是整個中國近代文學的一個重要的組成部分。因此，嶺南近代文學諸文體中，散文表現出來的傑出成就和顯示出來的巨大影響力，並不亞於詩詞，它的突出地位依舊是不可動搖的。

可以這樣認為，嶺南近代文學史上詩詞等各種文體的作家們，很少有不擅文章者，從這個意義上說，嶺南近代散文的歷史影響與詩詞一樣廣泛深遠。而且，與中國近代特殊的文化背景相關，由散文獨特的形式特點所決定，它在嶺南近代文學史上所發生的作用要比其它文體都顯得重要。嶺南近代文學史上具有全國性影響的散文作家層出不窮，其中特別傑出的就不勝枚舉，他們的名字貫穿於整個嶺南近代文學史的始終。比如早期有張維屏、陳澧、朱次琦、譚瑩、王拯，中期有丁日昌、何如璋、康有為、梁啟超、潘飛聲、鄭觀應，後期又有蘇曼殊、黃節、朱執信、孫中山、黃小配、汪兆銘，等等。他們的文章在當時的嶺南和全國文壇擁有十分突出的地位，在嶺南近代文學史上產生了重要影響。在嶺南近代文章家中，不乏整個中國近代文學史上第一流的散文與文章作家，在當時和後來都產生了其它人難以相比的巨大影響。

陳澧、朱次琦作為兼學者與文學家於一身的著名人物，傳播學問

的主要方式就是著述，他們的學術思想得以流傳的最主要途徑就是文章。這兩位生活於近代前期的嶺南文學家與學問家，對嶺南後來的文學發展與學術傳續，起到了關鍵性作用，培養出了數量眾多的嶺南文學家和學術人才，其中有不少是全國性的一流人才，使嶺南文章和學術得以薪火相傳，代代不熄。他們的學問也以文章為媒介，廣泛傳播於中國近代文學界與知識階層，產生了深遠的歷史影響。可以說，沒有他們，也就無法想像後來嶺南的土地上會成長出康有為、梁啟超一代及後來的許多傑出人物。他們對嶺南近代文章風氣與學術風氣的形成與發展，起到了篳路藍縷、導夫先路的作用。

廣西馬平人王拯，不僅是詩詞方面的大家，也是擅長文章、名揚一時的作手。他曾經師從「姚門四弟子」之一的梅曾亮學習古文，認真師法桐城三祖方苞、劉大櫆和姚鼐。王拯的師法桐城文派不僅使他個人取得了傑出的文學成就，一時間其文章頗有影響，更為重要的是從此開啟了桐城文派流衍於廣西的先路。王拯成為轉變廣西地區文章風氣的最重要的文學家之一，對嶺南近代文學的發展作出了意義特別重大的貢獻。

傑出政治家和文學家康有為的文章，在維新變法時期曾轟動朝野，影響遍及五嶺以南、大江南北乃至中華各地，為維新變法思想的傳播起到了開路先鋒的作用。他文章中表現出來的入世的激情，無畏的膽識，犀利的文風，雄健的氣勢，都傳達出嶺南文人文風的精神特質，使他成為嶺南近代文學史上並不多見的大家，也是中國近代文學史上難得的文章大家之一。

康有為眾多弟子中最傑出的一位就是梁啟超，這位愛老師更愛真理的全才型文學家，維新變法運動中最得力、最傑出的宣傳家和活動家，雖然在幾乎所有的文化領域都有建樹，在文學上也取得了多方面的成就，但是他的最大成就明顯在於文章。且不說他對宣傳維新變法

主張作出的無與倫比的貢獻，且不說他對近代以來中國的文明開化與
思想啟蒙作出的不懈努力，也不說他別人難以企及的幾乎無所不包的
學術成就，僅就文章而論，梁啟超就足以在嶺南近代文學史上佔有首
要的位置，在整個中國近代文學史上，也應當佔有特別重要的地位。
以文章攪動時代風雲的變幻，左右輿論的基本走向，影響同時和後來
的幾代知識分子，在中國近代無數的文學家當中，除梁啟超之外，恐
怕再無第二人。

梁啟超廣泛繼承前人文章創作經驗並與時代需求相結合，開創了
一種古今中外無所不包、俚俗雅正無所不有的「新文體」。這種半文
半白的文體樣式，突破了一切作文的傳統成法，對近代依然勢力強大
的桐城派散文構成了一次相當有力的衝擊。「新文體」是中國傳統文
言文的一次大解放，是中國散文從內容到形式、由傳統走向現代的一
種重要過渡。「新文體」的影響，不僅是共時性的，全國性的，而且
是歷時性的，深深影響了後代的文學。

代維新派而起的革命派政治家與文學家們，實際上也曾深受「新
文體」散文思想與表現形式的影響和啟發，才使他們在登上政治舞臺
與文學舞臺不久，就取得了巨大的政治優勢與文學成就。可以認為，
五四新文化運動的重要主題之一「白話文運動」，就是以梁啟超的
「新文體」文章為形式典範和直接先導的。這一點，從後來活躍於文
壇的一大批文學家的理論主張和創作實踐中可以明顯地認識到。

嶺南近代革命派政治家、文學家們，在文章上也同樣取得了令世
人矚目的成就，產生了深遠的歷史影響。朱執信、孫中山和早期的汪
兆銘都是革命派散文作家的傑出代表。朱執信的大量政論文章，宣傳
革命思想與共和主張，批判封建專制統治，反對已經落伍了的維新派
仍然抱持的保皇立場，反對帝國主義，宣傳全世界人民的獨立和解
放，在全國產生了廣泛的影響。孫中山質樸自然、通俗曉暢、數量龐

大的政論文章和演說辭，宣傳三民主義的建國主張，描繪民主共和的政治理想，規劃中國經濟發展的前景，表現了這位革命運動領導人一心為國為民的高尚情操和國家必將振興富強的堅定信念。這些文章，是他革命活動的一個重要組成部分，無論是在思想上還是在藝術上，都可以作為革命派散文創作突出成就的代表。孫中山的文章，無論是在當時還是在後來，無論是在嶺南、全國還是在海外，都產生了深遠的歷史影響。

汪兆銘一向以詩詞、文章和演說聞名，雖然他特別看重自己的詩詞，但早年的汪兆銘也是一個以文章名世的人物。特別是在20世紀初革命派的《民報》與維新派的《新民叢報》雙方進行的關於是民主共和還是保皇立憲、是暴力革命還是變法維新的那場論戰中，他在革命派中起到了核心的作用。他出色的論辯才華和傑出的文章本領，都得到了非常充分的展現。雙方論戰的結果，是維新派的宣傳陣地《新民叢報》於光緒三十三年十月（1907年11月）停刊，而革命派和他們的輿論喉舌《民報》則大獲全勝。此後，革命主張、共和理想比以前更加深入人心，為革命高潮的真正到來起到了輿論宣傳和思想準備的重要作用。汪兆銘與其它革命派人士一樣，通過這次論戰，政治思想和文章才華都在當時和後來產生了重大的影響。雖然汪兆銘後來走向了歷史的深淵，被有氣節的人們所不齒，直至今天，人們也不能理解和寬恕他，但汪兆銘早年在革命運動中的功勞不可否認，他出色的文學才華也不可無視。認為早年的汪兆銘是清末民初嶺南文學史上革命派文學家的一位傑出代表，理應在嶺南近代文學史上佔有一席重要的地位，恐不為過。

（四）小說和戲曲

從總體成就上看，嶺南近代的小說、戲曲不及詩歌、散文。但

是，小說和戲曲作為嶺南近代文學中頗為重要的兩大文體，經過一段時間的發展，逐漸成長為嶺南文學格局中的有機組成部分，佔有不可或缺的地位。意義更為深遠的是，小說、戲曲在清末民初的大量出現和迅速發展，並很快走向成熟與繁榮，這一事實所包含的文學史意義已不限於嶺南近代文學本身，這實際上透露出嶺南近代文學乃至整個中國近代文學總體格局的變遷。這就是，小說和戲曲從原來的文章學文學體系的邊緣，開始向現代純文學體系的中心地帶推移，標誌著中國文學觀念、總體格局發生的深刻變化，標誌著開始建設現代意義上的中國文學體系的新時期的到來。中國文學經過幾千年的發展變遷，還是第一次醞釀著如此深刻的根本性的變化。

在這個意義非凡的文學變革過程中，嶺南近代文學擔當著十分重要的先鋒角色。明清時期的嶺南文學史上，也曾經出現過一些小說、戲曲作家作品，標誌著俗文學的成長壯大，嶺南文學這種變化趨勢與整個中國文學的變化一樣。最大的不同在於，近代以前的嶺南文學中，小說、戲曲等文學樣式在當時的文學體系中，仍然處於絕對的劣勢地位，基本上不被正統文人所重視。到了近代，嶺南文學中的小說與戲曲，已經茁長成為現代性文學新格局中的重要一員。

就小說而言，首先為嶺南近代文學史增添光彩的小說家當推梁啟超。他流亡日本之後，比以前更加集中於報刊雜誌的創辦與文學創作活動，他積極宣導的詩界、文界和小說界的「三大革命」就是最明顯的表現。梁啟超一方面進行理論上的提倡號召，分析闡發，一方面勤於躬耕，努力實踐。他創作了小說《新中國未來記》，並發表於《新小說》雜誌，與他的理論宣導互相發明，相得益彰。這部原定寫作六十回的小說雖然只完成了五回，對後來的文學史家來說是一種無法彌補的遺憾；但是，僅這已經發表的一部分就產生了其它小說家的創作難以企及的廣泛影響，足以使梁啟超在嶺南近代小說史乃至整個中國

近代小說史上佔有極其重要的地位。

　　《新中國未來記》是目前所知中國最早的採用倒敘結構創作的小說，對豐富和發展中國小說的藝術結構，促進中國小說藝術走向現代化，起到了開創性的作用。這部小說還是中國最早的一部明確標出「政治小說」的作品。這是梁啟超在日本文學特別是明治時期「政治小說」影響下，進行中國小說改革的努力實踐，更是中國小說家們有意識地進行小說改革，使小說走向為社會變革服務之路的重要標誌。這部小說也在很大程度上規定了近代一部分小說作品的政治取向和創作方法，如在小說中大量採用議論文字、演講宣傳，重在政治主張、文明觀念的表述，情節結構、人物形象在小說中已顯得不那麼重要，等等，均與此有關。《新中國未來記》雖是一部篇幅並不太長的未完成的作品，但它對整個中國近代小說創作與變革產生的影響，是其它任何作品都難以匹敵的，也反映了近代小說更加明顯、更加深入地接受外國文學影響的趨勢。

　　嶺南近代文學史上的另外一位傑出小說家吳沃堯，同時是中國近代文學史上第一流的小說作家。在中國近代眾多的小說家中，他突出的成就就是作品數量最大，品種最為齊全。他在短短數年的時間內，創作的小說達三十多種。中國近代小說史上，如此高質高產的小說家大概僅此一人。在他的筆下，譴責小說、歷史小說、言情小說種類齊全；長篇小說、短篇小說、文言小說、白話小說應有盡有。尤其值得在嶺南近代文學史上大書一筆的是，吳沃堯的《二十年目睹之怪現狀》被譽為晚清四大譴責小說之一，是數以萬計的近代小說中影響最為廣泛深遠的作品之一。他的小說《九命奇冤》是一部完整的採用倒敘結構的小說，為中國小說的藝術結構開創了新的天地；他的《上海遊驂錄》則是目前可以看到的中國最早的完全採用限制敘事的小說，表明中國小說敘事水準走向現代的歷史動向。還有，他的一系列短篇

小說，對中國短篇小說的發展成熟也起到了重要作用。他的許多文言筆記小說，不僅僅是長期以來中國小說史上這一品種的繼續發展，而且留下了近代文壇許多珍貴的資料，對研究近代文學、歷史以及社會風俗變遷具有參考價值。吳沃堯作為一位生長於廣東、主要活動於上海的小說家，在當時的影響就遍及全國，對後來的小說家也發生了深刻的影響。可以說，吳沃堯是嶺南近代小說家最傑出的代表，也是中國近代文學史上小說創作最高成就的標誌性人物之一。

蘇曼殊從事小說創作的時間並不長，但是卻留下了思想性和藝術性俱佳，歷史影響極其深遠的小說作品。他的《斷鴻零雁記》等作品，反映了辛亥革命前後社會與個人的某些本質方面的內容，對後來小說創作的發展影響巨大。蘇曼殊的出現，對辛亥革命前後中國小說流派的形成也具有重要影響。黃小配是一位資產階級革命家，也是一位出色的小說家。他的小說《大馬扁》對維新派的保守主張進行了無情的諷刺，在當時影響很大。特別是他最著名的小說《洪秀全演義》，並不是一部嚴格意義上的歷史小說，而是以太平天國起義這一震驚中外的歷史事件為基礎，表現了革命派人士對這次起義的充分肯定態度，反映出資產階級革命派對武裝起義、暴力革命的歷史作用的高度認識。小說的重點不在於重現太平天國起義的主要過程和基本史實，而在於表現革命派政治家、文學家們對當時中國前途命運的思考，對中國社會可行出路的大膽探索。黃小配的小說在當時與後來的影響也是相當廣泛的。

嶺南近代文學中的戲曲成就雖然較小說要略遜一籌，但是，從整個中國近代文學的角度來看，也完全可以說，嶺南近代戲曲的影響也是非常顯著的。嶺南近代的地方戲曲，如粵劇、潮劇、漢劇、瓊劇等，流行與影響範圍主要限於嶺南地區。嶺南近代戲曲的影響，主要表現在傳奇與雜劇方面。生活在古近代之交的戲曲家梁廷楠，創作了

有「小四夢」之稱的《江梅夢》、《圓香夢》、《曇花夢》和《斷緣夢》
四種雜劇。這些劇作雖然以效法前人為主，特別是深受湯顯祖、蔣士
銓等戲曲家的影響，但梁廷楠的戲曲創作在當時淺弱不振的劇壇上，
顯示出比較突出的創作成就，特別是對嶺南近代戲曲的發展起到了開
創風氣的作用。他的戲曲創作成就和詩歌、散文、學術以及其它成就
一道，在全國也產生了較大影響。

　　在嶺南近代戲曲史上作出最傑出貢獻的人物還是梁啟超。他在流
亡日本之後，不僅在理論上大力宣導戲曲改革，以此作為開啟民智、
宣傳維新的有效手段，而且在實踐上積極探索中國傳統戲曲改革的新
途徑。他在不長的時間裏，就創作出了《新羅馬》、《劫灰夢》和《俠
情記》三種傳奇，還完成了廣東班本《班定遠平西域》的創作。梁啟
超的三種傳奇劇本雖然都沒有寫完，但無論戲曲題材與人物，還是藝
術結構與表現手法，對傳統戲曲來說都是一次重大的突破，一新人們
的耳目。特別是他最先採用傳統戲曲的形式表現外國社會歷史題材，
對中國戲曲表現領域的拓展，對中國戲曲題材的豐富，都起到了示範
性的作用。而且，與他的《新中國未來記》的發表迅速帶來小說創作
高潮一樣，梁啟超的三種傳奇一經發表，就迅速帶來了近代傳奇雜劇
創作的高潮。梁啟超在戲曲改革道路上作出了傑出貢獻，是近代戲曲
改革的先聲，也促進了近代戲曲改革運動的形成與發展。此後的數年
間，中國傳統戲曲的改革形成了興盛發展的局面，也取得了突出的
成果。

　　梁啟超的地方戲曲劇本《班定遠平西域》是為日本橫濱大同學校
音樂會而作，在表現班超出使西域建立軍功、安定邊疆的情節中，宣
傳了尚武尚力的精神，寄寓了作者振興國家、擺脫危機的愛國情懷。
正如他自己所說：「俗樂緣舊社會之嗜好，勢力最大，士大夫鄙夷
之。而轉移風化之權，悉委諸俗伶。而社會之腐敗益甚。此亦不可不

察也。客歲橫濱大同學校生徒，開音樂會，欲演俗劇一本以為餘興，請諸餘。余為撰《班定遠平西域》六幕，自謂在俗劇中開一新天地也。」[21]梁啟超的創作示範，對近代地方戲曲的進一步發展繁榮起到了極大的促進作用。因此，說梁啟超是中國近代戲曲改革的理論宣導者和實踐先行者，並不過分，也只有梁啟超才堪當這樣的評價。

麥仲華也是一位在傳奇創作方面取得了突出成就的戲曲家。他一方面受到當時戲曲創作風氣的影響，另一方面比較直接地受到梁啟超的啟發，其《血海花》傳奇就是刊載於《新民叢報》的重要戲曲作品之一。著名小說家吳沃堯也曾根據當時時事創作了傳奇《曾芳四》，表現了這位嶺南傑出文學家對戲曲的興趣。

辛亥革命前後活躍在嶺南廣大地區的眾多「志士班」，雖早期以演出話劇為主，後來以演出粵劇為主，但是這些戲班的影響是廣泛的。不僅促進了革命運動的蓬勃發展，完成了主要的政治任務，而且對嶺南近代戲曲的繁榮發展也有很大的促進作用，影響所及，早已超出了嶺南的範圍。活躍於清末民初的京劇作家羅惇曧，改編和創作了大量的京劇劇本，與京劇舞臺上的大師級人物如王瑤卿、梅蘭芳、程硯秋等多有交往，促進了京劇的發展和成熟，成為一位具有全國性影響的嶺南籍京劇作家。

嶺南近代文學史上翻譯文學取得的成就和產生的深遠影響，在整個中國近代文學史上也是最突出的。作為中國近代文學史上絕無僅有、整個中國文學史上也不多見的全才型文學家梁啟超，也在翻譯文學領域留下了可貴的足跡。他翻譯了日本作家柴四郎的「政治小說」《佳人奇遇》、法國作家佛林瑪利安的小說《世界末日記》，還有小說

---

21 張海珊輯：《〈飲冰室詩話〉拾遺》，《古代文學理論研究》第七輯（上海市：上海古籍出版社，1982年），頁256。

《十五小豪傑》，等等，梁啟超的文學翻譯活動與他在文學理論、詩詞、散文、小說、戲曲等各個方面的傑出成就一樣，真正把中國文學的發展引向了走向現代、走向世界的道路。

蘇曼殊詩歌與小說方面的成就上文已述及，他在翻譯文學上取得的成就也是相當出色的。他將法國浪漫主義文學大師雨果的長篇小說《悲慘世界》譯述為《慘世界》，寄託了反抗壓迫、個性解放的思想；他第一次將英國浪漫主義詩人拜倫的詩歌介紹到中國，譯出了《拜倫詩選》，也反映了蘇曼殊的獨特個性和文學追求。

馬君武在詩歌創作方面的才華為人稱道，而他以中國格律詩的形式翻譯世界文學史上的著名詩人拜倫、歌德、席勒等的詩篇，以深厚的中外文學修養為基礎，熔歐亞詩歌於一爐，造詣獨到，運用自如，別具特色。他富於創造性的出色的翻譯活動，使他不僅確立了在嶺南近代文學史上傑出翻譯家的地位，而且，也使他成為整個中國近代文學史上傑出的翻譯家之一。

在談到嶺南近代翻譯文學的時候，伍光建是一個不可忘記的名字。伍光建翻譯的19世紀法國小說家大仲馬的《俠隱記》和《續俠隱記》等作品，採用通俗易懂、簡潔明快的白話文，對原作進行了節略處理，使作品的主要人物更加突出，主要情節更加集中，很適合廣大民眾閱讀。他的譯作還能很好地傳達出原作的風格特色，達到了生動傳神的境界。伍光建的翻譯作品在當時和後來一直深受廣大讀者歡迎，有的翻譯作品至今仍為廣大讀者所喜聞樂見。

嶺南近代文學史上出現的這四位翻譯文學家，的確是令人自豪的。他們與嚴復、林紓等人一道，對溝通中西文學與文化，對中國文學從古代走向現代，作出了他人難以企及的貢獻，成為整個中國近代文學史上翻譯文學最高成就的標誌。

## （五）影響與交流

　　我們所考察的嶺南近代文學對其它地區乃至中國近代文學發生的影響，只是嶺南近代文學與中國近代文學之關係問題的一個方面。另一方面，嶺南近代文學同時也不斷地接受嶺南以外的其它地區、其它派別以及各種文體的影響，從而不斷地豐富和完善自己的文學理論與創作，促進嶺南近代文學和整個中國近代文學的發展繁榮。因此，在討論某一地域的文學成就與文學特徵的時候，注意考察它所施予的影響和接受的影響，就是同等重要的。嶺南近代文學當然也是如此。就是在這樣一種多向複雜的交流環境中，在一種良好的互動共進狀態下，文學的發展才會出現蓬勃興盛的局面。嶺南近代文學的發展是如此，其它地域的文學發展也莫不如此。

　　嶺南文學家、文學流派在施予影響的同時，也接受了對方的影響。這樣的例子在文學理論與批評、詩詞、散文、小說和戲劇等各種文體中可以說隨處可見。在文學理論與批評方面，梁啟超宣導的代表嶺南近代文學理論最高成就的「詩界革命」、「文界革命」和「小說界革命」等「三大革命」，一方面受到了日本近代文學的啟發，明治維新之後文學迅速發展、社會迅速富強的狀況，給流亡至此的梁啟超以深刻的觸動；同時也受到了中國近代其它地區的眾多傑出文學家理論思想的影響，還有古代文學家文學改革理論主張、實踐經驗的啟發。由梁啟超主動宣導、一批文學家積極參與的近代文學革新運動，是綜合古今中外文學經驗的結果。

　　嶺南近代文學家的詩詞創作，一直與中國近代詩詞創作風氣息息相關。嶺南近代詩壇的第一人黃遵憲，深刻地受到廣東詩歌前輩的影響，也與宋詩派、同光體、湖湘派、中晚唐派詩人保持著密切的關係，彼此經常唱和往來，相互影響和啟發；他深深受到浙江詩人龔自

珍、湖南詩人曾國藩的啟發，更是顯而易見的事實。梁啟超結束日本流亡生活回國內之後，還曾專門向福建詩人陳衍、四川詩人趙熙學習詩歌創作，主動接受他們的啟發和影響。南社詩人蘇曼殊，與柳亞子、高旭等江蘇詩人關係極為密切，也曾深受其它多位詩人的啟發。蘇曼殊與當時多個地域的各種人物多有交往，接受他們的影響亦是自然之事。另一位嶺南詩壇大家、南社詩人黃節，不僅與浙江籍南社詩人諸宗元的關係最為密切，而且與其它地區的許多南社作家多有往來，與其它詩歌流派如同光體諸大家，也有著深厚的文學關係。

嶺南近代散文大家康有為、梁啟超的文章，很明顯地與龔自珍的文章有著繼承關係。嶺南近代文學史上的許多文章家，與近代仍然興盛的桐城派和後來居上的湘鄉派也多有關聯。嶺南近代文學史上最著名的小說家吳沃堯，主要創作活動在上海進行，也不能不受當時上海文學風氣與文化習俗的影響。可以說，沒有在上海這一近代文化中心活動的經歷，就不可能產生傑出作家吳沃堯。

嶺南近代戲曲也是在與中國近代戲曲的交互影響中發展的，從傳奇雜劇到地方戲曲，都是如此。沒有傳統傳奇雜劇和近代前期傳奇雜劇的哺育，就不可能想像有梁廷楠、梁啟超、麥仲華等的傳奇雜劇創作的出現；沒有全國範圍內自清代中葉以來花部亂彈的快速發展這一總體戲曲趨勢的作用，就很難有嶺南地區多種地方戲曲在近代的迅速發展和高度繁榮。

可見，嶺南近代文學家與同時其它地域的文學家有著複雜而密切的關聯，明顯地受到其它地域文學家的影響。這種影響其實只是文學家接受時代文學影響的一個方面，宛如海上冰山浮出水面的那一小部分。另外一些更加重要的影響往往是無形的、難以用語言準確地描述的。正如錢鍾書所說：「一個藝術家總在某些社會條件下創作，也總在某種文藝風氣裏創作。這個風氣影響到他對題材、體裁、風格的去

取，給予他以機會，同時也限制了他的範圍。就是抗拒或背棄這個風氣的人也受到它負面的支配，因為他不得不另出手眼來逃避或矯正他所厭惡的風氣。」[22]這段話同樣適用於思考文學史問題，而且同樣具有深刻的啟示意義。

上述嶺南近代文學家接受其它地域文學家影響的事實是有形的，還有一部分影響也是同樣重要的，儘管它主要表現為一種無形的方式。在種種無形的影響中，最極端的表現、也最值得注意的就是來自敵對一方或不同流派的影響，這通常是文學史研究者最容易忽視的；還有特定時代的文學風氣的作用，這往往是後人難以深入體察的。嶺南近代文學家們在文學理論構建與文學創作實踐中，不可避免地受到來自不同流派、不同地域文學家的影響，同樣不可避免地也受到來自與自己理論主張、創作宗旨相異或相反的「敵對一方」文學家們的影響。這對深入認識嶺南近代文學家的文學道路與總體成就，對考察嶺南近代文學的基本走向，都具有十分重要的方法論意義。

同時，對不同地域、不同流派、不同主張的文學家之間錯綜複雜關係的體察，對在盡可能全面地佔有第一手文獻資料的基礎上認清文學史的事實真相，對中國近代文學研究的深化，對相關領域的學術進展，都是必不可少的。比如鴉片戰爭時期嶺南近代文學反帝愛國文學潮流與當時學術風氣、民眾思想狀況的關係，以黃遵憲為傑出代表的「新派詩」與宋詩派、同光體、湖湘派的關係，嶺南詩派中以「雄直」為基本特徵的詩人與另一批以「清蒼幽峭」為主導特徵的詩人之間的關係，梁啟超宣導並率先身體力行的「新文體」與桐城派、湘鄉派、文選派乃至八股文的關係，清末掀起的「新小說」熱潮與傳統小

---

22 錢鍾書：《中國詩與中國畫》，《七綴集》（上海市：上海古籍出版社，1985年），
   頁1。

說樣式、小說派別的關係，嶺南籍南社文學家與宗法盛唐、效法龔定庵的南社主流派和取徑宋詩、與同光體多有交流的非主流派的關係，蘇曼殊的小說創作與「鴛鴦蝴蝶派」小說的關係，如此等等。總之，值得思考且有重要研究價值和學術意義的嶺南近代文學內部的種種關係，嶺南近代文學與整個中國近代文學多個方面的關係，都是活生生的文學史事實。對這些方面給予愈多的關注，就愈有可能感覺到文學史的紛繁複雜、斑駁難辨；愈是如此，我們才愈是走向了文學史的深處，接近了文學史的真相。

　　嶺南近代文學作為中國近代文學大家庭中的一種地域文學，雖然有一定的地方特色和地域特性，為中國近代文學史提供了其它地域文學所不具備的內容，為中國近代文學的全面繁榮發展作出了獨特貢獻。但是，歸根結底，在中國這樣一個一直以來政治文化高度集中的國度，嶺南近代文學甚至包括從古及今的全部嶺南文學在內，都首先是整個中國近代文學、整個中國文學的一個組成部分。它首先是屬於全國的，然後才是屬於嶺南地區的。只有這樣認識，在地域文學與文化的研究中，才不至於迷失基本的方向，才有可能具備一種必要的總體意識，也才可能對特定地域、特定時代的文學取得恰如其分的認識。

　　從本質上說，文學創作是人類最為複雜的精神活動之一，記載或描述文學家、文學作品、思潮流派事實、歷程的文學史寫作，也同樣是極其複雜、極為艱難的。人們筆下的文學史，任何時候都不可能、也無必要窮盡或復原那個已經遠逝的曾經存在過的文學全貌，人們只能一步一步地逼近那個永遠也觸摸不到的真實的文學史歷程。但是，對研究者來說，有一點是極其重要的，就是，在面對已經成為歷史的文學事實的時候，把它估計得愈複雜、愈艱難、愈不可捉摸，就可能愈是接近文學史的本相，也才有可能為當下和以後的文學發展提供一些真正具有啟發意義和參考價值的經驗與教訓。

# 黃遵憲的一首佚詩

　　鍾叔河主編的「走向世界叢書」第一輯合訂本所收王韜《扶桑遊記》卷上載有黃遵憲七律一首，詩云：

> 神山風不引回船，且喜浮槎到日邊。
> 如此文章宜過海，其中綽約信多仙。
> 司勳最健言兵事，
> 宗憲先聞籌海篇。（君著有《普法戰紀》等書甚富）
> 團扇家家詩萬首，風流多被畫圖傳。[1]

　　此詩《人境廬詩草》各種刊本、後人所輯《人境廬集外詩輯》均不收，亦未見黃氏其它文字提及或研究者著錄，乃是黃遵憲的一首集外佚詩。

　　據王韜所述，此詩作於光緒五年四月初五日（1879年5月24日），時黃遵憲在駐日本使館參贊任上。當時的情形是：是日午後，駐日公使何如璋、副使張斯桂、參贊黃遵憲、翻譯沈文熒等與應日本人士之邀作扶桑之遊的王韜在東京墨江西岸的種樹別墅宴飲，日本友人川田剛亦在座。席間，川田剛賦詩持贈王韜，王韜依韻奉答，黃遵憲、沈文熒二人即興投贈，前引黃遵憲詩即此時所作。

---

1 　王韜：《扶桑遊記》，鍾叔河主編：「走向世界叢書」之《日本日記·甲午以前日本遊記五種·扶桑遊記·日本雜事詩廣注》（長沙市：嶽麓書社，1985年），頁421。

雖為酬答之作，但此詩仍然表現出作者對王韜的欽敬之情，字裏行間，真情實意，非應酬唱和的泛泛之作可比。將黃、王二氏此期的來往書信與此詩相參觀，更可以見出二人之間的密切關係與王韜對黃遵憲的思想影響，對研究黃遵憲、王韜的生平交遊和思想發展不乏參考價值。如今所見的全部人境廬詩中，與王韜的唱和之作僅此一首。這愈發表明此詩之難能可貴與文獻價值。

據「走向世界叢書」的編者說明，所收王韜《扶桑遊記》係根據日本東京報知社明治十二年和十三年（1879和1880）出版本為底本整理校點。報知社於明治十二年（清光緒五年，1879）出版該書上卷，翌年出版中卷和下卷。查王錫祺編《小方壺齋輿地叢鈔》第十帙所收《扶桑遊記》，不載黃遵憲此詩，其它諸人詩作也一律不載，只提及川田氏「即席有詩見貽」[2]之事。《小方壺齋輿地叢記》本《扶桑遊記》是國內流行較廣、影響較大的一個印本，而能親見日本東京報知社本《扶桑遊記》者未免寥寥，這或許是黃遵憲這首集外佚詩一直未引起注意的一個主要原因吧。

為了有助於理解黃遵憲此詩，再現當時中日兩國文人友誼和文化交流的一個場景，現將其它幾人的詩作也一併轉錄於此。川田剛贈王韜詩云：

> 漫遊乘興上輪船，來泊扶桑出日邊。
> 著述等身人未老，風塵遁跡骨將仙。
> 豈求靈藥入三島，欲訪逸書存百篇。
> 莫怪相逢傾蓋久，令名夙自藝林傳。

---

2　王韜：《扶桑遊記》，王錫祺編：《小方壺齋輿地叢鈔》第十二冊第十帙（杭州市：杭州古籍書店，1985年影印本），頁316。

王韜依韻奉答云：

飛渡東來萬里船，相逢偏在墨江邊。
文章早已崇今代，（《明治詩文集》多收君作）
笙鶴曾聞駐古仙。（日本向多王姓，云是子晉後裔，後賜姓川
田氏）
垂老風塵慚著述，好遊山水入詩篇。
神交何限滄波遠，好把君名眾口傳。

沈文熒和韻投贈云：

東泛滄波太乙船，直追槎木斗牛邊。
誰知勾漏山中叟，來訪盧敖海上仙。
蠻觸新書成戰紀，源平遺事入詩篇。
雞林賈客爭相問，不讓香山萬古傳。[3]

　　王韜東遊日本只是他個人經歷的一個片段，與當時駐日本使館的
幾位文人外交官及日本友人詩酒相聚也只是一個普通的社交生活場
景。他們不經意間寫下並幸運地留傳至今的詩歌，也不能說是中國近
代詩歌史上好詩的代表。但是，從黃遵憲研究的角度來看，中日文人
之間的這種自由交流切磋的場景和留下的文字，則具有一定的文獻史
料價值。這大約是當時的文人雅士們都不曾料到的。
　　由此聯想到，文學作品的傳與不傳，其間的偶然因素實在不少；
文學家的欲其傳或欲其不傳，有時候並非自己所能完全掌控。這已是

---

3　王韜：《扶桑遊記》，鍾叔河主編：「走向世界叢書」之《日本日記・甲午以前日本
　遊記五種・扶桑遊記・日本雜事詩廣注》（長沙市：嶽麓書社，1985年），頁421。

另一論題。至於此次普通的相見給王韜和黃遵憲的日後交往帶來的重要影響，黃遵憲深受王韜影響從而發生的思想轉變，就更不屬此題目之下討論的範圍了。

# 黃遵憲使日時期佚詩鉤沉

　　光緒三年十月（1877年11月）至光緒八年（1882）春，黃遵憲在駐日本使館參贊任上的四年多，無疑是他詩歌創作的第一個最繁榮的時期，無論就作品的數量抑或品質而言均是如此。現存《人境廬詩草》、《人境廬集外詩輯》中此期的創作和《日本雜事詩》可以為證。

　　《人境廬詩草》卷三所收詩四十八首絕大部分為此期所作；卷四前二題《奉命為美國三富蘭西士果總領事留別日本諸君子》五首、《為左野雪津（常民）題瓠亭》亦為此期所作。北京大學中文系近代詩研究小組編、中華書局1960年12月出版的《人境廬集外詩輯》，自《書龔藹人方伯烏石山房集田橫島齊侯壙二詩後》以下至《留別宮本鴨北》詩共九題二十八首，亦基本上為此期所作。《日本雜事詩》光緒五年（1879）同文館聚珍本有詩一百五十四首，光緒二十四年（1898）長沙富文堂刊本增刪修改為二百首。此處據初刊本計算。以上總計詩作達二百三十六首，而今見人境廬詩不過一千一百四十首左右，可見使日時期黃遵憲詩作之豐。

　　從目前掌握的材料來看，黃遵憲使日時期的詩歌創作還不只上述這些。鄭子瑜、實藤惠秀編校、日本早稻田大學東洋文學研究會1968年9月出版的《黃遵憲與日本友人筆談遺稿》中，就保存了黃遵憲集外詩若干首。《黃遵憲與日本友人筆談遺稿》尚有臺灣文海出版社《近代史料叢刊》所收本。多年來，中國大陸則未見此書單行本出版，甚至未曾聽聞關於此書出版的消息。直到黃遵憲逝世一百週年之際，陳錚所編《黃遵憲全集》方由中華書局於2005年3月出版。是為

今見黃遵憲著作的最全版本，當然包括黃遵憲出使日本時期與日本友人的筆談遺稿。雖有若干新材料，然其整理方式已與《黃遵憲與日本友人筆談遺稿》大不相同。

茲仍以早稻田大學東洋文學研究會出版的《黃遵憲與日本友人筆談遺稿》單行本為據，將黃遵憲使日時期的集外佚詩鉤稽而出，並作考訂說明如下。

光緒四年二月四日（1878年3月7日），源桂閣帶著松井強哉等到東京月界院中國公使館筆談。因為彼此比較熟悉，筆談中也就少有顧忌，相當隨便。在談及女人時，因為使館翻譯沈文熒在這方面比較「開放」，幾人便賦詩相戲相誚。廖錫恩詩云：「賺得東施號小春，纖纖弱柳出風塵。只圖一刻千金樂，那管申江醫臂人？（申江麗卿與有盟約，擬於二月往接來東，今得此，且置腦後矣。）」黃遵憲先寫下了這樣幾句話：「曾有戲梅史文云：『不費六張五角（原注：東人紙幣，其一二錢曰一角二角，故借用之），即堪月攘一雞。』以搏一笑。」之後賦詩道：

> 一樣風光一樣春，東來偏愛踏紅塵。
> 呢喃乳燕長相對，忘卻登樓看柳人。
> （原注：沈君家有少妾，年止十四耳。）

松井強哉詩云：「梅史先生獨佔春，紅塵既拂臥床塵。誰知雙枕每宵樂，堪羨東洋列策人。」沈文熒則以詩反唇相誚黃遵憲：「閒來無計度芳春，偶喚雙鬟淪麴塵。若問當年黃叔度，湘蘭應是素心人（黃君在申江有相知朱素蘭，甚佳，所以雲西方美人也）。」[1]

---

[1] 鄭子瑜、實藤惠秀編校：《黃遵憲與日本友人筆談遺稿》（東京：早稻田大學東洋文學研究會，1968年）頁10-12。

　　同年三月十四日（4月16日）午後，在墨江源桂閣家，中日文人
聚會筆談。此時正是櫻花盛開的季節，墨江岸邊遊人如鯽，美景良
辰，其樂融融，筆談者興致頗高，開懷暢飲，揮毫賦詩，歌詠情懷。
駐日公使何如璋、副使張斯桂應日本朋友之請題字，何如璋寫道：
「錦天繡地，咳唾成珠。」張斯桂寫道：「酒地花天，興高采烈。」
之後何如璋選「高」字為韻，於是大家分別作詩。張斯桂詩云：「春
風花事醉櫻桃，人影衣香快此遭。歸去欲攜花作伴，折枝不怕樹頭
高。」何如璋詩云：「飛仙不惜醉蒲桃，海外看花第一遭。有客正吹
花下笛，陽春一曲調尤高。」黃遵憲所作的詩是：

　　　　長堤十里看櫻桃，裙屐風流此一遭。
　　　　莫說少年行樂事，登樓老子興尤高。

　　王藩清（琴仙）詩云：「櫻開時節賦桃夭，一曲春風快意遭。沉
醉旗亭天欲曉，推窗遙接月輪高。」源桂閣也作了詩：「墨堤十里看
鶯桃（《月令注》以鶯鳥所含故名），詩酒來遊快此遭。博得華筵才子
賦，洛陽紙價一時高。」[2]
　　同年三月二十四日（4月26日）午後，源桂閣與沈文熒、黃遵憲
等在中國公使館筆談，黃遵憲對源桂閣寫道：「昨與梅史坐此，思念
閣下，遂與之聯句，成一詞。」接著就將這首調寄《摸魚兒》（贈源
侯桂閣）錄出給他看：

　　　　試問他舊時巢燕（黃），雕梁猶認芳苑（沈）。墨江春水波搖
　　　　綠，終日畫簾高卷（黃）。花似霰（沈），卻正是，江南草長飛

---

2　同上書，頁76。

鶯亂（黃）。憑闌望遠（沈），誰得似清閒，蓬壺方丈，攜住神仙眷。滄桑事，人世衣冠都換（沈），驚看海水清淺（黃）。當年關左喧鼙鼓，曾向沙場征戰（沈）。君不見（黃），班師後，宮袍侍宴芙蓉殿（沈），相逢恨晚（黃）。且射虎歸來，旗亭夜飲，鬥北（引者按：疑當作北斗）橫天半（沈）。[3]

同年四月十日（5月11日）午後，源桂閣派人去請中國駐日使館官員來梅仙寓所筆談，因為黃遵憲、廖錫恩不在，只有沈文熒一人赴約。筆談中沈氏讓源桂閣讀到沈黃二人前一天晚上聯句所作的調寄《買陂唐》詞，詞曰：

柳棉飛，綠陰清潤，舊時王謝池館（沈）。偷閒半日遊裙屐，水榭飛觴競勸（黃）。啼鳥喚（沈），早吩咐奚奴，先把錦囊齊展（黃）。毫絲脆管（沈），聽越豔吳姬，粵歌楚調，一霎按箏阮（黃）。清歌起，都把紅牙敲遍，落花簾外香滿（沈）。人未倦（黃），怕萬里鄉心根觸，春愁撩亂（沈）。蓬山不遠（黃），對松濤竹籟，斜陽影裏，餘韻晚風卷（沈）。[4]

同年六月七日（7月6日）午前，源桂閣到中國公使館筆談，並請沈文熒在扇面上題字，沈文熒就寫了一首詩：「豆架瓜棚啼緯蕭，蟲聲涼影不堪描。閒來栩栩夢蝴蝶，藤枕桃笙度此宵。（桂閣大人以箑索書，即次其韻答之，並請正字。）」黃遵憲也在源桂閣的扇面題詩

---

3 鄭子瑜、實藤惠秀編校：《黃遵憲與日本友人筆談遺稿》（東京：早稻田大學東洋文學研究會1968年），頁97。

4 鄭子瑜、實藤惠秀編校：《黃遵憲與日本友人筆談遺稿》（東京：早稻田大學東洋文學研究會1968年），頁122。

一首:

> 紗窗涼雨夜蕭蕭,紅豆青燈對影描。
> 相見時難相別易,
> 十分孤負可憐宵。(率筆次韻,乞源侯正之。)[5]

　　同年八月十日(9月6日)午後,源桂閣、黃遵憲、沈文熒等在中國公使館中筆談。這一天大家興致很濃,在談到一位名喚作小園的女子並傳閱她的照片時,幾人竟寫下如戲文一樣的文字來,中有黃遵憲二節,雖不是詩,從中卻可見黃氏的過人才情與文采風流。這樣的文字在黃遵憲的著述中難得一見,幾乎可謂絕無僅有,故不妨錄之於此:

> 梅史:一個嬌姝,來自西都,賽過了石家綠珠。害得那書呆,朝思暮想,指望著同衾共枕,粉膩香酥。怎藏將小園春色,奪得個氣喘吁吁。問冰人,獻昭君,如何不留下畫圖?
> 公度:呀,盼得到佳期,汝是羅敷,儂是羅敷之夫,又何用一幅真真小畫圖?
> 泰園:終是你冰人太糊塗,說這麼(引者按:疑當作「什麼」)天上有,人間無,害得那小書生,病成相思,淚眼欲枯。
> 梅史:可與小園歌之。桂閣:使小園為雪兒如何?
> 公度:呀,從今後,我想你柳腰櫻口,花貌雪肌膚;朝朝暮暮,當你個觀音大士,焚香頂禮唱「南無」。[6]

---

5　同上書,頁159-160。
6　鄭子瑜、實藤惠秀編校:《黃遵憲與日本友人筆談遺稿》(東京:早稻田大學東洋文學研究會1968年),頁191-192。

同年九月十一日（10月27日）下午，源桂閣與何如璋、張斯桂、
沈文熒、王治本等在兩國中村屋樓上筆談。源桂閣向黃遵憲寫道：
「君所寫傘蓋之銘詩，冀現寫焉。」黃遵憲遂寫道：

> 亦方亦圓，隨意蕭然。朝朝暮暮，可以遊仙。替笠行露，伴蓑
> 釣煙。舉頭見此，何知有天？

源桂閣又問道：「丈夫以天為華蓋，然天上一碧，別有天乎？而
次韻詩請祈示！」看起來源桂閣不甚理解此詩的意思，黃遵憲遂回答
道：「此意極言閣下高隱山林，隨意自適，理亂不知，黜陟不聞
耳。」[7]

同年十月二十二日（11月16日），大家在中國公使館筆談，因為
等待的日本藝妓遲遲沒有來，幾人就以此題作詩。源桂閣詩曰：「滿
酌黃封三兩杯，佳賓畢集笑顏開。嫦娥未許輕相見，半醉憑欄待月
來。」黃遵憲所作的詩是：

> 酌酒同傾三百杯，豪遊如此亦奇哉。
> 瓊樓玉宇高寒處，齊卷窗簾待月來。

廖錫恩詩曰：「一曲琵琶酒一杯，大家歡喜醉顏開。中東賓主成
高會，願約他時結伴來。」王治本詩曰：「興到不愁三百杯，酒間得
句亦豪哉。小鬟今日初相識，笑問客從何處來。」沈文熒詩曰：「釀
得洪梁露菊杯，秋聲擁雁碧雲開。與君共醉高樓上，夜半珠胎海月
來。」宮部裏詩云：「又飛花臺酒一杯，青簾銀燭笑顏開。此衷休說

---

7　同上書，頁221-223。

人間事，愛見雪兒帶筆來。」之後，源桂閣寫道：「樞翁夾身桃李之溪，何交友之無情？」廖錫恩答道：「若如所云，則情之至也。」黃遵憲就他二人的一問一答，寫下這樣一首詩：

> 樓頭風月總帶新，小飲圍爐愛買春。
> 彈到三弦求鳳曲，問儂誰是意中人。

他們等待的藝妓小萬終於沒有來，黃遵憲賦詩曰：

> 待來竟不來，姍姍何其遲？
> 思君如銀燭，更闌多淚垂。

王治本也賦詩云：「相呼竟不來，蓄意故遲遲。好如見食貓，饞口涎自垂。」[8]

上述黃遵憲使日時期集外佚詩（包括詩七首、聯句詞二首、類似戲文唱詞之作二段），多為唱和投贈之作，有的是遊戲筆墨，所寫內容思想性一般，可取之處不多，甚或宜明辨其粗俗豔冶之處。就美學趣味與藝術格調來說，黃遵憲之作雖較其它詩友的作品一般可說略勝一籌，但總的說來，這些作品大多難言其情趣高雅、格調淳樸，多給人遊戲筆墨、品位不高之感。因此，就全部人境廬詩來說，這些作品委實不足以代表黃遵憲詩歌的思想特點和風格特色。這部分集外佚詩很難算做黃遵憲的好詩，但是它們自有其獨特的地位和足以引起人們重視的文獻史料價值。

---

8 鄭子瑜、實藤惠秀編校：《黃遵憲與日本友人筆談遺稿》（東京：早稻田大學東洋文學研究會，1968年），頁238-241。

　　第一，以對黃遵憲詩歌的研究，多限於他自編詩集《人境廬詩草》十一卷、《日本雜事詩》二卷，以及後人整理但尚不完備的《人境廬集外詩輯》。黃遵憲使日時期這些佚詩作為全部人境廬詩的組成部分，有助於揭示黃遵憲詩歌創作的發展歷程，尤其為研究出使日本時期的黃遵憲詩歌創作的詳細情形提供了新的資料。這些作品多選擇日常生活事件為題材，以細膩的筆觸描繪人物的情態和生活的場景，表現出一種綺靡豔冶、甜俗率真的風格特色，與黃遵憲那些大氣包舉、氣勢磅礴、憂國憂時的「詩史」性詩篇恰成鮮明的對照，實在難得一見。這些集外佚詩對完整細緻地認識人境廬詩具有不可或缺的價值。

　　第二，黃遵憲自己編定、打算傳之後世的著作向人們展示的，經常是作為啟蒙思想家、維新政治家、日本歷史學者、愛國詩人的黃遵憲的形象。這些集外佚詩的獨特之處在於，它們反映了黃遵憲另一方面的性格，描繪了他另一側面的形象。正是這些日常生活中的平凡場景、平凡事情，讓人們看到黃遵憲性情秉賦中的某些在通常情境下難以窺見的東西，使黃遵憲其人變得有血有肉、有情有欲、有瑜有瑕，形象豐滿，真實可信。由此看到的，是一個性格富於立體感、思想充滿矛盾的黃遵憲。這對一向持身謹嚴、處世小心的黃遵憲來說，實在是他始料不及的。正是因為如此，這些集外佚詩是研究黃遵憲使日時期日常生活、來往交遊的難得材料。

　　黃遵憲持身之謹嚴，從他親自編定詩集《人境廬詩草》的審慎態度中可見，從他對《日本雜事詩》與《日本國志》的反覆修改中亦可見；而他一生在政治觀念與處世原則方面的基本態度是更充分、更有力的證明。在《黃遵憲與日本友人筆談遺稿》中，有一處筆談透露出黃遵憲的心跡，可見他持身為人特點之一斑：在光緒四年三月二十三日（1878年4月25日）下午的筆談中，黃遵憲曾對源桂閣寫道：「其中

（引者按：指筆談中黃氏之語）頗有不可傳揚之言，如君輩則無妨。故幸見還，至禱至禱！」源桂閣則回答道：「弟決非傳揚世間，惟弟見之而悅耳。幸勿怪！」[9]令黃遵憲始料不及的是，非常具有文獻保存意識的有心人源桂閣將這些夾雜著「不可傳揚之言」的筆談整理保存了下來，令今天的讀者也有幸看到了。這些筆談資料之珍貴，由此益發可見可感。

第三，出使日本時期，是黃遵憲由一個傾向洋務的改革派向維新派轉化的重要時期，是他在明治維新成果啟發下形成系統的維新變法思想的重要時期。考察黃遵憲一生的思想發展，可以看到這一時期至為關鍵。這些詩作，在一定程度上表現了黃遵憲初至日本時的心理感受，透露出他思想轉變的某些信息，如他對明治維新以後日本社會狀況巨大變化的反映，對某些新的社會現象、新的生活方式的態度，與王韜的交往對他思想發展的影響，等等。這些詩歌，可以說是認識黃遵憲思想發展演變、考察他初步接觸維新變法思想及其它新事物時文化心態的珍貴資料。

第四，中日兩國文化交流源遠流長，近代以來兩國的交流更加頻繁。光緒三年（1877）首任駐日公使團的派遣，無疑有益於一衣帶水的中日兩國友好關係的發展。黃遵憲的這些詩歌，反映了中日文化交流的一個側面，再現了當時中日文人之間的深厚情誼和友好切磋的情況。黃遵憲的這些集外佚詩往往是當時情景、場面，甚至人物表情神態、音容笑貌的如實記載和具體傳達，堪稱實錄。因之這些材料就愈發顯得真切平實、親切可感，極富生活氣息。這些詩歌記載的，是中日文化交流的片段，是中日文人友好相處、切磋共進的場景，應當稱做中日文化交流、中日文人友誼的佳話。

---

9 　鄭子瑜、實藤惠秀編校：《黃遵憲與日本友人筆談遺稿》（東京：早稻田大學東洋文學研究會1968年），頁29。

此外，黃遵憲的這些詩歌也反映了當時中國駐日使館官員生活的某些具體情況，反映了官員之間、官員與僚屬之間、使館人員與其它旅日人士（如商人、旅遊者等）之間和睦相處、彼此關心的情景，也成為遠在異國的中華同胞日常生活與交往的真實記錄。這些材料對瞭解這些駐日本使館人員的工作情況和日常生活也具有不可替代的價值。完全可以說，黃遵憲使日時期的集外佚詩，不僅對深入研究黃遵憲其人其詩具有重要價值；而且，對考察中日文化交流和兩國傳統友誼同樣是極珍貴的資料，對瞭解當時旅日人士的生活狀況、交往聯繫等也很有參考價值。因此，這些材料應當引起相關專業領域的人們的注意和重視。或許，黃遵憲的佚詩佚文遠不止於此，或許，經過大家的努力挖掘，會有更多的發現。我們當繼續努力並期待著更重要的發現。

# 新見黃遵憲集外佚詩二首

　　1999年，香港鄧又同繼數次向廣州博物館捐贈文物之後，又一次將一批文物捐獻給廣州博物館。筆者前往參觀，有幸親見這批具有極高史料價值的文物，黃遵憲七律二首就在其中。現將這兩首詩抄錄如下（標點為筆者所加，第二首第五、六、八句後括弧內文字為作者原注）：

### 樵丈尚書六十有一賦詩敬祝

入丁出丙壽星祥，四國傳誇天上張。

冠冕南州想風度，樞機北斗在文昌。

金城引馬迎朝爽，銀漢歸槎照夜光。

揮麈雄譚磨劍氣，獨因憂國鬢蒼蒼。

### 以詩壽樵丈尚書蒙賜詩和答依韻賦呈

往跡雲泥偶一論，喜公氣海得常溫。

北山王事賢勞甚，南斗京華物望尊。

橫榻冰廳爭問禮，（公不由進士而兼署
禮部侍郎，實異數也）

鳴珂紫禁獨承恩。（吾粵先輩賜朝馬者無幾，
即莊滋圃、駱文忠兩協揆亦未拜此賜）

玉缸酒暖朝回會，

願聽春婆說夢痕。（賜詩有海國春婆之語）

　　鄧又同所捐獻文物皆是其祖父鄧華熙留下，且多與其祖父生平交往相關。鄧華熙（1826-1916），字小赤，又作筱赤，又字小石，室名納楹書屋。廣東順德人。咸豐元年辛亥（1851）舉人，歷任雲南按察使、湖北布政使、安徽巡撫、山西巡撫、貴州巡撫等，卒諡和簡。

　　鄧華熙為晚清重臣，與當時名臣名士多有交往。張蔭桓、黃遵憲與之同為廣東同鄉，彼此關係密切乃自然之事。因此這兩張詩箋之真實性當可靠無疑。只是黃遵憲送張蔭桓的這兩幅詩箋如何到得鄧華熙手上等細節，已難以察考矣，不無遺憾。鄧又同為這兩張詩箋所作說明文字曰：「愛國詩人黃公度詩稿墨寶世愚侄鄧又同拜題。」由此可見，鄧家與黃家為世交，關係非比尋常。

　　這兩首七律均以正楷書寫於刻印有雙龍圖和雙鉤「壽命昌永」四字之淺黃色紙箋上，兩張紙箋樣式完全相同，每張箋書詩一首，每首詩後各署「遵憲呈稿」四字，四字之下亦分別鈐有「黃公度」篆書朱文印章。從以上情況看，這兩首詩當係黃遵憲親筆無疑。而且，從所用紙箋、書法筆跡、所鈐印信等方面情形來看，將這兩首七律抄寫於這兩張紙箋之上當係同時所為。

　　這兩首七律，黃遵憲自行編定之詩集《人境廬詩草》十一卷〔宣統三年日本初刊本，商務印書館民國二十年（1931）再版本〕未收，北京大學中文系近代詩研究小組所編、中華書局1960年版《人境廬集外詩輯》亦不載，後人搜集整理的黃遵憲文抄、詩文集，如錢仲聯箋注、上海古籍出版社1981年版《人境廬詩草箋注》，鄭海麟、張偉強編校、中文出版社1991年版《黃遵憲文集》，吳振清、徐勇、王家祥編校整理、天津人民出版社2003年版《黃遵憲集》，等等，均未收錄，亦未見有關黃遵憲研究的其它論著、論文等提及[1]。可以斷定，

---

1　筆者按：陳錚編《黃遵憲全集》已據筆者發表的文章將這兩首詩輯入，見《黃遵憲全集》（北京市：中華書局，2005年），頁221。

這兩首詩，是新發現的黃遵憲集外佚詩。這兩首七律的發現，為黃遵憲研究提供了一份有價值的新材料。而且，以往所見黃遵憲墨蹟，多為行草書，其端端正正的楷書作品相當少見，黃遵憲之印章尚屬首次見到。此二者亦為這兩幀詩箋之值得珍視之處。

茲再根據相關材料，對這兩首詩的其它情況作考訂介紹如下。從標題、內容、作者自注等方面來判斷，這兩首七律確係呈送張蔭桓之作。

張蔭桓（1837-1900），字樵野，廣東南海人，生於清道光十七年丁酉正月初四日（1837年2月8日）。從第一首詩的標題推斷，此篇賀壽之作作於張蔭桓六十一歲生辰之時，時間當為光緒二十三年正月初四日（1897年2月5日），或者此前之一二日。於張蔭桓六十一歲生辰，翁同龢在光緒二十三年正月初四日（1897年2月5日）日記中記曰：「張樵野生日，往祝未入。送席一桌（四兩），酒一壇（二兩）。」[2]黃遵憲將第一首詩呈上張蔭桓不久，張蔭桓即以詩作答，於是黃遵憲又作了第二首，再次呈上。此時黃遵憲已五十歲，方受朝廷之命出使德國，而德方不願接受，正在京城等待朝命，不久即出都赴湖南就長寶鹽法道任矣。此時張蔭桓亦在京城，後不久即受命出使英、美、法、德、俄諸國。

黃遵憲與張蔭桓私交較厚，來往頗多。《人境廬詩草》及《人境廬集外詩輯》中，存有黃遵憲與張蔭桓唱和之作多篇。尤可注意者，在《歲暮懷人詩》中，有一首懷念「張樵野廷尉」即張蔭桓之作，詩云：「釋之廷尉由參乘，博望封侯自使槎。官職詩名看雙好，紛紛冠蓋遜清華。」[3]黃遵憲一般稱張蔭桓為「樵野丈」，在此次新發現的這兩首七律中，則稱之為「樵丈」，愈見親切。

---

2　陳義傑整理：《翁同龢日記》（北京市：中華書局，1998年），頁2972。

3　黃遵憲：《人境廬詩草》卷六（北京市：商務印書館，1931年），頁11。

　　筆者嘗遍檢張蔭桓詩集：光緒二十三年（1897）初冬京都刊本
《鐵畫樓詩鈔》五卷，光緒二十八年（1902）觀復齋校刊本《鐵畫樓
詩續鈔》二卷，希冀一覽張蔭桓六十一歲生日時酬答黃遵憲之詩，以
便進一步查考有關情況，惜未獲見。由此可知，正如黃遵憲這兩首詩
未編入《人境廬詩草》一樣，張蔭桓的和答之作亦未收於其詩集之
中。未知此詩尚存於世間否？

　　雖則如此，檢閱張蔭桓詩集，也並非完全一無所獲。筆者見到
《鐵畫樓詩鈔》卷二有《直東旱甚吾粵乃苦霪霖感事簡黃公度》一
首，卷五有《次韻公度感懷》一首，由此可見張蔭桓、黃遵憲二人之
詩歌交往。張蔭桓這兩首詩更堪與黃遵憲《人境廬集外詩輯》收錄之
《張樵野廉訪以直北苦旱嶺南乃潦詩見示次韻和之》、《人境廬詩草》
卷八《感懷呈樵野尚書丈即用話別圖靈字韻》諸詩對讀。比照之下，
二人當時以詩唱酬之情景宛在目前。

　　總之，此次新發現的這兩首黃遵憲集外佚詩，不僅為黃遵憲研究
提供了新資料，殊為可貴，也為考察黃遵憲與張蔭桓之關係，特別是
二人晚年的交往，提供了新依據，殊為難得。多年來，關於黃遵憲的
文獻資料雖然被陸續清理發現、整理發表和研究運用，但是尚未達到
已然窮盡、全在掌握的程度，還可能有新的發現和新的驚喜。近代文
獻之複雜豐富，難以駕馭，由此亦可見一斑。

# 日本版《黃遵憲文集》補訂

　　黃遵憲生前曾留下文集數卷，後存於其後人手中，由於種種原因終致散失，所可見者多為片言隻語，難窺全豹，每令近代文史研究者心生遺憾。雖有錢仲聯整理的《人境廬雜文鈔》載《文獻》第七輯、第八輯，書目文獻出版社1981年版。發表，但數量無多，仍不能全面呈現黃遵憲的文章面貌。

　　鄭海麟、張偉雄編校之《黃遵憲文集》1991年10月在日本京都中文出版社出版，在一定程度上彌補了這一缺憾。這部日本出版的黃氏文集堪稱第一部黃遵憲著作集，其意義與價值便愈顯重要。既屬事實的偶然巧合，又頗帶文化史意味的是，曾在日本度過四年外交官生涯的黃遵憲，詩集《人境廬詩草》的初版本，由於當時在日本的梁啟超等的努力，於宣統三年（1911）在日本出版；此次其文集又是由旅日的中國學者編輯整理，首先在日本出版。是書提供了黃遵憲著述的一些難得資料，如《與朝鮮人筆談》、《朝鮮策略》等都彌足珍貴，《序跋》、《書信》、《公牘》等以前雖有些已整理發表，但如此詳盡準確地公諸學界，尚屬首次。

　　筆者披覽之中，發現是書尚存未克盡善盡美之處若干，現僅就掌握之有限資料，為之作補訂數則，畀編校者及學界參考。

## 一　關於《敬告同鄉諸君子》

　　編校者《前言》中說：「《敬告同鄉諸君子》為近年新發現的黃遵

憲佚文，原件藏梅州市博物館，為梅州市人境廬黃遵憲紀念館黃敬昌
（黃遵憲曾孫）提供。該文對研究黃遵憲的教育思想至關重要。」鄭
海麟、張偉雄編校：《黃遵憲文集》卷首《前言》，中文出版社1991年
版，第7頁。以此文為新發現之佚文，不確，因其曾公開發表過。光
緒三十年（1904），即黃遵憲辭世之前一年，浙江金華出版之《東浙
雜誌》第二期，於「奏章檔類專件」欄中發表此文全文，編者並於文
末加按語，於理解此文及作者有關情況頗有價值，現亦抄錄如下（原
文僅標句讀，標點為筆者所加）：

> 此廣東黃公度先生擬為其桑梓各屬廣興蒙小學之宣言也。先生
> 學貫中西，前出使東西洋各國十餘年，故於泰西學校制度，縷
> 悉無遺；又審度中國現在程度，斟酌為之。篇中發表之事，皆
> 易知易行。今人多有志興學，然或諉之經費難籌。若據此豫
> 算，開一蒙小學殊為易事。而就師範，尤為蒙小學之根本。我
> 鄉人亦宜急急則效興辦也。篇末所言為年長者設立學會、研究
> 新學一節，即本志第一期「國聞選纂學界志聞」欄所記「嘉應
> 猶興會」一則是也。閱者可參觀之。

其次，《黃遵憲文集》所錄《敬告同鄉諸君子》一文中，有數處
文字以「□」代替，蓋是書編校者所據之原件已遭破損或字跡漫漶難
以辨識之故。筆者現同據《東浙雜誌》刊載此文，將原缺文字補出：
「各負興學之□也」，方框處一字為「責」（第104頁此文起始之第4
行）。「而不就□□□施罰於其父兄也。昔德意志攻法，既破法□，德
皇大會□□□□行賚，大□毛奇執教師指揮之杖而進曰」，方框各處
所缺文字依次為「學，即當」，「都」，「諸將，論功」，「將」（第104頁
此文之第5行至第6行，標點為筆者所加）。另外，此處之「行賚」係

「行賞」之誤。同頁此文第一自然段末行「□□之策，莫善於興學」，方框處文字為「興國」。「鬆口□派二人」，方框處為一「亦」字（第105頁第15行）。順帶說明：書中所錄此文之最後文字「嘉應興學會議所會長黃遵憲謹啟」則為《東浙雜誌》刊本所無。

## 二 關於《與朗山論詩書》

《黃遵憲文集》（第145頁）所收黃遵憲與周朗山書信，為研究黃遵憲詩歌主張、文學思想之重要文獻，難得一見。惜乎書中所錄，並非全文。此信全文嘗發表於民國二十年七月（1931年7月）廣州嶺南大學出版之《嶺南學報》第二卷第二期，標題作《與朗山論詩——黃公度先生（遵憲）遺稿》。《黃遵憲文集》所錄此信，前後各缺一段文字，現據《嶺南學報》第二卷第二期將所缺文字補出。是書所缺此信之開頭文字如下（筆者以為原信標點未盡合理，此處所引標點為筆者所加）：

> 朗山先生足下：臘月八日上一書，係以詩，當達左右矣。今僅錄憲所學為詩一百有奇，有空白未書者，緣屬稿未定，向畏詩名，未出示人。此一百中多九十，少暇又不及細為點竄，而求教之心甚急，即命人繕寫，其未妥者，遂竟闕之也。

是書所缺此信之結束部分文字為：

> 先生顧其情，性情意氣，可得其大概。至筆之於詩，則力有未能，則藉古人者，又後此事。惟先生教之！

《與朗山論詩書》是今存黃遵憲除《人境廬詩草・自序》之外最為重要的論詩著作，對考察與認識黃遵憲的詩歌理論觀念與創作實踐相當重要，且早已公開發表過，收入文集時，當以可靠版本為底本並參考其它版本認真核對為宜。

## 三　關於《與胡曉岑書》

《黃遵憲文集》所收黃遵憲致胡曉岑（曦）信（第160頁），亦非全文，前缺較長一段，後亦無結尾。羅香林在所著《胡曉岑先生年譜》中嘗引此信全文，仍可獲見這一重要資料之全豹。羅香林此作曾刊於1960年臺灣中央研究院歷史語言研究所集刊外編《慶祝董作賓先生六十五歲論文集》中，後又刊於1963年出版的《南洋學報》第十七卷第二輯《黃遵憲研究專號》中。現以後者為據，將《黃遵憲文集》收錄的黃遵憲致胡曉岑書信所缺之開頭文字錄出如下（筆者對原標點略有調整）：

> 曉岑同年執事：別來匆匆一十六載，音問疏闊，亦非始料所及。乙酉以後，弟蟄伏家居，閉門著書。以謂吾兄因事至州，必可作平原十日之飲，而足音竟爾闃如。爾時著述鮮暇，曾不修一紙敬候起居，想閣下必不以厚祿故人見疑。而豈知其此心拳拳，未嘗一日忘我良友也。在家時，每詢善況，敬承我兄安貧樂道，謝絕塵囂，實有北窗高臥，自謂羲皇氣象。往在京師，記閣下見語云：「嘉慶癸酉拔萃榜，惟彭春洲先生一人。」想志在高山，既有竊比老彭之意。今閣下清風亮節，大

雅不群，實能追前賢而與之頡頏。餘子瑣瑣，何足計哉？[1]。

另外，此信之最後，尚有如下二句：「此請文安。弟期（引者按：據上下文意，期當係黃之誤）遵憲頓首。」[2]同為《黃遵憲文集》收錄此信之所缺。

---

1  黃遵憲：《與胡曉岑書》，羅香林：《胡曉岑先生年譜》，《南洋學報》第十七卷第二輯《黃遵憲研究專號》（1963年），頁34-35。

2  同上書，頁35。

# 天津版《黃遵憲集》商兌

　　《黃遵憲集》上下卷，全國古籍整理出版規劃小組資助專案、全國高等院校古籍整理研究工作委員會資助專案，吳振清、徐勇、王家祥編校整理，天津人民出版社2003年10月出版。該書封面勒口處的《內容提要》中說：「本集收錄了迄今為止所發現的黃遵憲的全部詩、文。此係國內首次結集。上卷為詩歌，下卷為各類文章及附錄。」是書凡六十五萬字，上卷含《日本雜事詩》二卷二百首，《人境廬詩草》十一卷六百四十二首，《補遺》詩詞曲聯銘三百一十四首（其中詩二百九十五首、詞五首、曲一首、聯十一副、銘二首）；下卷含《賦序跋》、《論說》、《書函》、《公牘》、《墓誌銘文行述》及附錄《筆談》、《資料》等。這是繼鄭海麟、張偉雄編校、中文出版社1991年出版的《黃遵憲文集》之後黃氏詩文集的再度結集，其價值與意義不言而喻。

　　但是，此書的整理編校工作中也存在若干未妥與可商之處，如失收作品、編校舛誤、版本選擇欠佳等。概括而言，造成這種情況的原因約有如下兩端：一是對黃遵憲著作的瞭解不夠精深細緻，尤其是對其版本流傳情況、修改變化關注不夠；二是對以往的黃遵憲研究成果特別是文獻發現、史實考訂方面的研究成果關注不夠。茲根據筆者掌握的材料和所知情況，對《黃遵憲集》作若干商兌匡補，並略陳一孔之見，以供此書編校整理者及其它方家參考。

# 一　失收作品

　　黃遵憲的詩歌，除《人境廬詩草》、《日本雜事詩》、《人境廬集外詩輯》等集所收之外，後來陸續有新的發現，錢仲聯、楊天石、夏曉虹、趙慎修、陳永正等均做了大量工作。至於黃遵憲的文章，由於從未印行過黃氏文集，則其散佚情況更加嚴重，發現新文章的可能性也更大些，除錢仲聯所輯《人境廬雜文鈔》[1]披露的大量文章外，北京圖書館善本組整理發表的《黃遵憲致梁啟超書》[2]也是一大收穫。此外，羅香林、鄭海麟、張偉雄、汪松濤、楊冀岳和劉雨珍等也均有所發現。

　　《黃遵憲集》對新發現的人境廬詩歌、文章雖有所注意，收入了部分新見作品，但由於對相關研究關注得不夠，尚多有遺漏，存在明顯缺憾。如：錢仲聯在《黃遵憲政治思想的演變》[3]中，披露了黃氏集外佚詩《俠客行》。夏曉虹在《芝山一笑》[4]中披露了黃氏集外佚詩《過答拜石川先生》，還根據《芝山一笑》所錄《石川先生以張星使之誤為僧也，來告予曰：近者友人皆呼我為假佛印，願作一詩以解嘲。因戲成此篇，想閱之者，更當拍掌大笑也》一詩的初稿，對比了收入《人境廬詩草》中的《石川鴻齋（英）偕使來謁，張副使誤謂為僧，鴻齋作詩自辯，餘賦此以解嘲》一詩的修改情況；在《繪島唱和》[5]中抄錄了後來收入《人境廬集外詩輯》中的《大雪獨遊墨江酒樓，歸得城井錦原遊江島詩，即步其韻》詩的原稿、《人境廬雜文

---

1　《文獻》第七輯、第八輯（北京市：書目文獻出版社，1981年）。

2　《中國哲學》第八輯（北京市：生活‧新知‧讀書三聯書店，1982年）。

3　《文史知識》1990年第10期。

4　《萬象》2000年第2卷第7期；《晚清的魅力》（天津市：百花文藝出版社，2001年）。

5　《晚清的魅力》（天津市：百花文藝出版社，2001年）。

鈔》中已收的黃氏《明治名家詩選序》一文的初稿。趙慎修《黃遵憲的集外詞》[6]中披露的存於易順鼎《四魂外集·魂海集》中的黃氏《天香》（實甫以鹿港見惠，言「比宋末龍涎何如？」因撫此調以誌感）、《天香》（實甫購鹿港香，歸作扶鸞清供，又撫此贈之，錄乞拍正）、《金縷曲》、《賀新涼》、《賀新郎》等五首集外詞，以及黃氏幾首詩標題修改的信息。左鵬軍在《新見黃遵憲集外佚詩二首》[7]中披露的黃氏七律二首《樵丈尚書六十有一賦詩敬祝》、《以詩壽樵丈尚書蒙賜詩和答依韻賦呈》。

　　《黃遵憲集》的編校整理者對諸如此類的文獻發現和學術信息似沒有給予應有的關注，書中也沒有及時反映這些新的情況，當屬是書編校中之明顯缺憾。

## 二　編校舛誤

　　《黃遵憲集》中存在若干編校方面的舛誤。有的是延續以往的錯誤，如對《春陰》一詩的處理即是（第294-295頁）。《春陰》曾收入《人境廬集外詩輯》，編者有說明曰：「此詩凡八首，由黃遵庚先生鈔寄，今據錄。題下原注『丁卯』（公元一八七六年）。據黃遵楷《先兄公度先生事實述略》，作者生於公元一八四八年三月二十四日，故次此詩於前詩之後。」[8]關於《春陰》詩，錢鍾書嘗指出：「輯者不甚解事。如《春陰》七律四首，乃腰斬為七絕八首；《新嫁娘詩》五十一首自是香奩擬想之詞，『閨豔秦聲』之屬，乃認作自述，至據公度生

---

6　《中華文學史料》（一）（上海市：百家出版社，1990年）。

7　《文教資料》2000年第1期。

8　北京大學中文系近代詩研究小組編：《人境廬集外詩輯》（北京市：中華書局，1960年），頁7。

子之年編次。此類皆令人駭笑，亟待訂正。」⁹令人覺得遺憾的是，《黃遵憲集》對《春陰》的處理與《人境廬集外詩輯》對此詩的處理完全一致，均屬錢鍾書所謂「令人駭笑，亟待訂正」者。《黃遵憲集》的出版距《人境廬集外詩集》出版已達四十三年之久，距錢鍾書指出此誤亦過去了差不多二十年時間，而編校者竟完全沿襲了這種明顯的錯誤。¹⁰

現將這四首七律錄出如下，以供鑒別與參考（筆者按：序號為筆者所加，詩中之「□」處為原詩所缺之字）：（1）「一帶園林盡未真，輕雲如夢雨如塵。空庭簾卷猶疑暝，遠樹花迷不見春。積潤微生虛白室，浪遊□誤踏青人。今年花柳都無色，似聽梁間語燕瞋。」（2）「一春光景總成陰，省識天公醞釀心。燕子不來庭悄悄，鳥兒徐蓺晝沉沉。漫天紅雨飛無跡，隔水朱樓望轉深。還是去衣還是酒，今番寒事費沉吟！」（3）「乞來不是好風光，悔向東皇奏綠章。輕暖輕寒無定著，成晴成雨費評量。半是柳絮吹無影，一樹梨花靜有香。怪底雞鳴驚午夢，起來翻道曉風涼。」（4）「近連小苑遠前灣，總是重陰曲曲環。畫境要參濃淡格，雲容都在有無間。對花□□人何處？中酒情懷境大閒。為倩笛聲吹喚起，一彎新月上前山。」

《黃遵憲集》之《文集》部分之首有《整理說明》曰：「值得注意的是1991年鄭海麟、張偉雄編校的文集，在日本中文出版社印行，首次整理深受研究者的關注和歡迎，美中不足的是，一者收文仍有缺遺，二者有個別作品誤收。」又云：「我們這次整理，首先是廣事搜集」；「其次是精心校勘」。¹¹但是，鄭海麟、張偉雄編校的《黃遵憲文

9  錢鍾書：《談藝錄》（補訂本）（北京市：中華書局，1984年），頁348。

10 筆者按：陳錚編《黃遵憲全集》（北京市：中華書局，2005年）收錄《春陰》，再次誤將其「腰斬」為七絕八首，見該書頁189。

11 吳振清等編校：《黃遵憲集》，（天津市：天津人民出版社，2003年），頁367-368。

集》中存在的問題，在這本後出的《黃遵憲集》中也仍然存在著。比如，上文指出的《敬告同鄉諸君子》（第407-411頁）中的本來可以補出的闕文還沒有補出；《與朗山論詩書》這封並不完整的書信仍然一如其舊（第412頁）；《與胡曉岑書》（第449-450頁）中所缺重要文字也還是付之闕如。這種情況的出現，當是編校整理者對相關文獻注意得不夠所致。關於這三篇文章的補正情況，可參閱上文所述鄭海麟、張偉雄編校《黃遵憲文集》的相關部分，為免重複，此不贅述。

還有一種情況是《黃遵憲集》編校中新出現的問題，如《戊寅筆話詩摘》七首即是（第330-331頁）。此處收錄的詩歌，係根據鄭子瑜、實藤惠秀編校的《黃遵憲與日本友人筆談遺稿》[12]之《戊寅筆話》錄出，其中前六首（即「一樣風光一樣春」、「長堤十里看櫻桃」、「紗窗涼雨夜蕭蕭」、「酌酒同傾三百杯」、「樓頭風月總常新」和「待來竟不來」諸首），確為黃遵憲所作，當無問題。此類之詩，皆為遊戲之作，思想與藝術價值不高，但仍屬可以注意的人境廬集外佚詩筆者按：關於此問題，可參考本書《黃遵憲使日時期佚詩鉤沉》部分，此不贅述。

值得討論的是《戊寅筆話詩摘》收錄的第七首，為說明問題的方便，現將此詩錄出如下：「畫在大癡境中，詩在大癡境外。恰好二百來年，翻身出世作怪。」詩後有編校整理者注曰：「題沈石田山水畫。見二十五卷一百六十九話（1878年11月18日）公度與源桂閣、沈梅史、王黍園筆談。」吳振清等編校：《黃遵憲集》，天津人民出版社2003年版，第331頁。此詩果真是黃遵憲所作嗎？且看《黃遵憲與日本友人筆談遺稿》中的有關記載：

---

12 東京：早稻田大學東洋文學研究會，1968年。

桂閣：弟欲抄寫黃老爺所藏之沈石田山水圖上之詩，蓋有欲贈
於區額，黃氏之意也。縱令不往黃房，君暫借來，則刻於是抄
寫去耳。且此女優阪東辰次小照，欲呈黃、廖兩君，故特攜來
矣。此女優現在東京柴浦新堀座張戲，鴻齋喋喋褒贊的。

梅史：黃氏詩弟即往抄來。[13]

桂閣：本約二十一日與鴻齋相訪。

（回到黍園的房間，叫川島浪速拿這封信到黃遵憲的房裏去。）

弟欲贈「大癡境」三大字之額，而願抄寫那沈石田之詩，且觀
其全圖景致，現乞之於梅翁，梅翁道黃公寫信，無寸暇。雖
然，弟今日特來，在欲抄寫此詩而已，如辱一見，則幸甚也。
想尊房勿忙，如然，則使貴價攜黍園處，刻抄寫奉返，希勿煩
弟之願。黃老爺閣下

源輝聲頓首

公度：前辱賜酒席，感謝！欲作一詩，匆匆不果也。今日實無
寸暇可以陪話，石田畫即送一覽。觀「大癡境」三字大佳，代
隸是盼。

遵憲覆

（畫幅上寫的詩是：）

畫在大癡境中，詩在大癡境外，恰好二百來年，翻身出世作怪。

沈周

（這幅畫，是他叫浪速帶回來的。當時，我也送給他辰次的照片兩
張。）[14]

---

13 鄭子瑜、實藤惠秀編校：《黃遵憲與日本友人筆談遺稿》，（東京：早稻田大學東洋
文學研究會，1968年），頁244。

14 鄭子瑜、實藤惠秀編校：《黃遵憲與日本友人筆談遺稿》，（東京：早稻田大學東洋
文學研究會，1968年），頁245-246。

桂閣：橫幅壹額釘一連

右奉呈

哂納，冀快令尊價揭樓中煙景最佳處，則幸甚！僕頃感冒惡風，不能出戶，乃馳小價房吉攜而進，並希賜

錦回！

黃大老爺閣下

英歷十二月二十九日

源輝聲頓首

（匾額上寫著）

大

癡

境

公度黃君所藏沈石田山水一幅，上題曰：「畫在大癡境中，詩在大癡境外。」大癡者，黃公望也。……今黃公度君與大癡姓相同，名相似，而豪放逸邁之氣，亦復相類，得此石田之神品，懸諸座右，朝夕玩賞，恍聚今古名士，晤對一室中也。……石田若預知此地勝景，而摹此畫也？亦預知公度之愛是畫，而題是句也？此其中殆有夙因焉。餘喜隸「大癡境」三字以贈。伏乞

公度仁兄大人粲政

（公度的回信）

公度：拜謝，敬領，當懸高樓中。陳列皆中東兩土之物，無一歐羅馬錯雜其中，閣下願之乎？此覆。

十一月六日，遵憲

桂閣賢侯閣下[15]筆者對原標點有所調整。

---

15 同上書，頁263-266。

顯而易見，「畫在大癡境中，詩在大癡境外。恰好二百來年，翻身出世作怪」二十四字，是明代文學家、畫家沈周（字啟南，號石田，1427-1509）自題於山水圖上的，在這四句詩之後，明明寫有「沈周」二字。此圖係黃遵憲收藏，由於源桂閣之請求，黃氏出示源桂閣，源桂閣將畫面上題寫的詩句抄錄下來。這一事實相當清楚，此詩絕非黃遵憲之作。《黃遵憲集》下卷附錄之一《筆談》中有《與日本人筆談》四十一則，上引文字亦在其中（第741-742頁、第749-750頁）。只是由於《黃遵憲集》的編校整理者不察，將沈周之詩誤認做黃遵憲的詩作了。

## 三　其它可商酌之處

《黃遵憲集》的編校整理，尚有其它處理未當或未善以及可以商討斟酌之處。這主要表現在對黃遵憲主要著作的版本選擇與相關版本的處理方式上。

第一，關於《日本雜事詩》的處理。眾所週知，在黃遵憲的所有著作中，《日本雜事詩》的版本最多，也最為複雜。《黃遵憲集》之詩集部分收錄的《日本雜事詩》係根據光緒二十四年（1898）長沙富文堂版（即定本），這本是符合黃氏原意的。但是，假如從本書《內容提要》所揭示的「收錄迄今為止所發現的黃遵憲的全部詩、文」的角度來看，則有理由要求編校者注意《日本雜事詩》不同版本的異同情況並在書中有所反映，尤其是對《日本雜事詩》光緒五年（1879）同文館集珍版（即初版本）與光緒二十四年（1898）長沙富文堂版（即定本）的異同當予以特別重視。因為黃遵憲對詩歌的修改，反映了他政治文化思想與詩歌藝術修養的變化。《黃遵憲集》的編校整理者似乎完全沒有意識到這一問題，這不能不讓人覺得困惑難解。實際上，

鍾叔河《日本雜事詩廣注》[16]已經做了非常好的工作，可資借鑒。

第二，關於《人境廬詩草》的處理。如編校整理者在詩集《整理說明》中所說：「我們選用錢先生1981年箋注本為底本，參閱1957年（引者按：此處疑脫一『本』字）作校勘。」[17]為了整理出一個比較完善的詩集本子，《人境廬詩草》的重要版本均應予重視，尤其當注意各種版本之間的異同。如周作人原藏、今歸北京大學圖書館的四卷抄本（據載黃遵憲門人楊徽五曾藏有原稿本第五卷至第八卷，不知今尚存否），梁啟超等校印、宣統三年（1911）日本初刊本（錢仲聯箋注本即以此本為底本），黃能立校印、中華民國二十年三月（1931年3月）商務印書館再版本，高崇信、尤炳圻校點、中華民國二十二年四月（1933年4月）北平文化學社再版本，等等，在《人境廬詩草》流傳過程中均相當重要。

即以錢仲聯箋注本而言，除編校整理者提到的古典文學出版社1957年本、上海古籍出版社1981年本以外，還有兩種版本：一為商務印書館中華民國二十五年（1936）本，是為錢仲聯箋注人境廬詩的最初版本，特別值得重視；二為中國青年出版社2000年本。這些重要情況在《黃遵憲集》所收的《人境廬詩草》中均沒有得到應有的反映。看來此書的編校整理者對《人境廬詩草》的重要版本及修改流傳情況關注得不夠。

第三，關於《賦呈紫銓先生》一詩。《黃遵憲集》收錄了《賦呈紫銓先生》（神山風不引回船）七律一首（第333頁），詩末有編校整理者注云：「錄自南開大學圖書館藏黃遵憲致王韜手劄。」[18]此情況又

---

16 鍾叔河主編：「走向世界叢書」之一種（長沙市：湖南人民出版社，1981年）；「走向世界叢書」之《日本日記・甲午以前日本遊記五種・扶桑遊記・日本雜事詩廣注》（長沙市：嶽麓書社，1985年）。

17 吳振清等編校：《黃遵憲集》（天津市：天津人民出版社，2003年），頁4。

18 吳振清等編校：《黃遵憲集》，（天津市：天津人民出版社，2003年），頁333。

見《黃遵憲集》《致王紫銓書》十七通之一（第428-429頁）。

可以提醒注意並有所補充的是關於此詩的相關情況：此詩又見於王韜《扶桑遊記》[19]，又見於水越成章編《翰墨因緣》，明治十七年（光緒十年，1884）刊行。今已輯入《中日詩文交流集》[20]一書。此詩僅八句，與其它版本相較，字句有異同：詩題為「奉贈弢園先生即用甕江韻」，第六句下無作者原注「君著有《普法戰記》等書甚富」諸字，詩末亦無「席中用川田甕江韻賦呈紫銓先生即乞斧正」諸字。[21]凡此似均可供此書的編校整理者參考。

---

19 王韜：《扶桑遊記》，日本東京報知社明治十二年、十三年（光緒五年、六年，1879、1880）版；鍾叔河主編「走向世界叢書」之《日本日記・甲午以前日本遊記五種・扶桑遊記・日本雜事詩廣注》據以收錄（長沙市：嶽麓書社，1985年）。筆者按：關於此詩及相關情況，可參考本書《黃遵憲的一首佚詩》部分，此不贅述。

20 《中日詩文交流集》，（上海市：上海古籍出版社，2004年）。

21 同上書，頁15。

# 新見丁日昌七律二十首

閱民國年間刊行之西泠印社吳氏聚珍版《碧聲吟館談麈》，偶然發現其中有丁日昌七律《潮州感事詩二十首》，為丁氏詩集《百蘭山館古今體詩》所不收，喜出望外。

許善長（1823-1889以後），字季仁，一字元甫，號玉泉樵子，別署栩園、西湖長，館名碧聲吟館。浙江仁和人。乃晚清著名戲曲家、文學家，著有雜劇、傳奇、詩文多種，合刻為《碧聲吟館叢書》。《碧聲吟館談麈》凡四卷六十六則，為許善長之筆記文學集。此書內容廣泛，舉凡文史、輿地、名物、名人佚事、醫術藥方無所不包。

現將此書中所載丁日昌集外佚詩抄出如下（筆者按：標點及各詩序號為筆者所加，第二首末句括弧內文字為作者原注）。

### 潮州感事詩二十首

（一）

不信天心付劫灰，西風永夜角聲哀。

五千里外烽煙接，二百年餘殺運開。

滋蔓不圖成禍水，養癰平日讓通才。

如何文物聲名地，太息塗膏遍草萊。

（二）

曾聽元戎將略無，千杯壯志勵庸夫。

未能一戰師先老，絕少奇兵計已粗。

聚鐵可堪州鑄錯，唱籌今見米成珠。

三年轟破襄陽未，一炮功成萬骨枯。（向帥鑄六萬斤銅炮）

（三）

蔓延吳楚又青徐，總是西南漏網餘。
本仗虎頭能定遠，誰知螳臂竟當車。
連營處處嚴溝壘，募卒頻頻到里閭。
戰剿無能抄掠慣，濫將潮勇漫吹噓。

（四）

焚劫沿途篋笥充，歸來翻作應聲蟲。
盟雞甫歃萑苻血，唳鶴先驚草木風。
難解網開憑聚散，倘因人密藉疏通。
圖成鄭俠流亡苦，多少蒼生類轉蓬。

（五）

星散兵權志不牢，秦風誰肯篤同袍。
倚天處處誇長劍，縮地人人望大刀。
頗說將才多似鯽，翻教群盜起如毛。
牢騷我欲呼天問，闛闔蒼蒼爾許高。

（六）

妖氛飄瞥武寧空，臣職能完共效忠。
血灑郊原秋草碧，魂歸兜率陣雲紅。
當關守禦兵無志，與士存亡鬼亦雄。
辛苦城東方義士，破家收復也無功。

（七）

海濱鄒魯也干戈，遍地豺狼奈若何。
將帥立功今日少，秀才作賊古來多。
漫傳白起曾降趙，難信黃巢竟渡河。
十萬橫磨誰請得，有人洗耳聽鐃歌。

（八）

雄關屹屹駐旌旄，未見烽煙便遁逃。

宵濟有聲舟掬指，珠求無厭帥吹毛。

呼庚漫咎軍儲竭，棄甲頻聞將略高。

七十里程三日進，笑君此腹負羊羔。

（九）

進筌求魚退守株，議徵議撫總躊躇。

民欺官懦多中立，賊恐糧豐阻轉輸。

有令開倉仍米貴，無方剿寇仗天誅。

背城借一尋常事，早晚軍門看獻俘。

（十）

不事芸窗不力田，鬥爭都覺性情偏。

誦詩口上難三百，募勇江東易八千。

偶執干戈聊掩耳，無多金穴漫垂涎。

紛紛義舉誰其義，誰續遺經瘉士篇。

（十一）

為盜為兵若轉圜，但逢利藪便開顏。

飛符只覺軍如戲，失律安知令似山。

海鶴不來春黯淡，鱷魚雖去俗冥頑。

蠻方積習由來久，誰挽頹風到闤闠。

（十二）

春盡興師秋又涼，飛鳶難達陣雲忙。

援兵未見傳三豕，逆焰猶聞逼五羊。

不信天將拋海嶠，更何人可掃欃槍。

聖明應為瘡痍痛，矯矯貔貅出建章。

（十三）

勳業文章事本殊，籌邊難覓鬭兵符。

未經談虎容先變，直到亡羊注已孤。

諸葛世原稱盡瘁，呂端人尚說糊塗。

瀛洲形勝關閩粵，奏凱何時答廟謨。

（十四）

雌黃眾口易波瀾，旁午軍書力既殫。

杯底有蛇饒舌苦，河東無粟盡心難。

天人盡許通三策，經濟猶須用五官。

橫目幸留冬愛在，寬和究竟勝貪殘。

（十五）

驚傳風鶴信頻頻，奮勇居然類偉人。

失險竟難防子午，出師何必守庚申。

似聞定遠生還易，敢信哥舒死敵真。

惆悵填橋少烏鵲，靈旗黯淡楚江濱。

（十六）

烽燧看看遍嶺東，是何時候不和衷。

狐疑漫喜歸秦璧，鼠首真驚失楚弓。

已見鬩牆分洛蜀，何堪築室付癡聾。

諸公須為生靈計，莫但衝冠氣吐虹。

（十七）

捐輸借貸例陳陳，供給軍儲閱夏春。

忽欲然眉家索餉，飛而食肉古何人。

辛勤曾否涓埃答，子姓今看破碎頻。

縱是艱難須盡力，閭閻指日沐絲綸。

（十八）

月暈重圍野哭哀，半年未見省兵來。

官原惡殺留生路，賊本無能煽死灰。

何日膚功消劫運，幾番血戰仗邊才。

十年養望非容易，畢竟安危借寇萊。

（十九）

揭普潮澄警報頻，豐城又見楚氛新。

空拳退賊真良吏，枵腹從軍果義民。

破斧是誰能逢樹，運斤端合借勞薪。

鞠憑呼罷親桴鼓，難怪人歌有腳春。

（二十）

氛祲冥冥戰壘稠，幾看帷幄運良籌。

熱腸我縱工秦哭，冷眼人誰作杞憂。

八口妻孥愁滯跡，一年戎馬又殘秋。

從來不剿何能撫，辜負長沙涕泣流。[1]

　　以上所錄七律二十首，見許善長《碧聲吟館談塵》卷一。前有說明文字曰：「丁雨生中丞（日昌），廣東豐順人，弱不勝衣，力學，工吟詠，以廩貢就訓導，時與子雙家叔（延珏）共在潮州危城中，守禦幾一載，枕戈籌策，真患難交也，以是頗相得。論功銓江西萬安令，薦升是職。」[2]從此段文字提供的情況來看，許善長叔父許延珏與丁日昌有著相當密切的關係，這一組詩作的真實性亦當可靠無疑。在抄錄了這二十首詩之後，許善長又評論說：「憤懣之氣，溢於言表，詩

---

1 許善長：《碧聲吟館談塵》卷一（西泠印社吳氏聚珍版，民國年間刊），頁16-19。

2 同上書，頁16。

筆亦恣橫異常。」[3]

上述七律二十首，丁日昌詩集《百蘭山館古今體詩》中未收，亦未見其它有關著作提及，當係新發現的丁日昌集外佚詩。僅此一處就新見丁日昌集外佚詩達二十首之多，不能不說是一件令人十分高興的事情；也可見許善長不僅是一位傑出的戲曲家和文學家，還是一位非常注意保存文史資料的有心人。他對保存丁日昌這些詩歌作出的貢獻，也是令後人難忘的。

關於許善長叔父許延珏生平行止等情況，目前筆者知之不多。現僅就所知作一介紹：許延珏，字子雙。浙江仁和人。廩生。咸豐三年（1853）任廣東惠來縣知縣，咸豐五年（1855）再次擔任是職。[4]

丁日昌（1823-1882），字禹生，又作雨生。廣東豐順湯坑人。貢生出身，歷任瓊州府學訓導、江西萬安知縣、蘇松太道、江南洋務局總辦、兩淮鹽運使、江蘇布政使、江蘇巡撫、福建巡撫等，獲賞總督銜。為晚清重臣，尤其是洋務自強運動的主要推動者之一。

從丁日昌生平經歷與詩歌內容等方面考察，這二十首七律詩的寫作時間大致可以確定。咸豐四年農曆四月（1854年5月），海陽縣三合會吳忠恕起事；農曆七月（8月），吳忠恕等圍攻潮州府城。丁日昌以邑紳身份組織鄉團，率領豐順縣湯坑精悍鄉勇三百人援救，駐紮於橋東寧波寺和韓山書院，把守東路。農曆九月十八日（11月8日）黎明，丁日昌率領鄉勇從筆架山渡淩角池，擊潰吳忠恕駐東津一部，生擒百餘人。[5]此一戰，解除了府城東路之困，對平定此次三合會之

---

3 同上書，頁19。

4 參考饒宗頤總纂《潮州志・職官志》，潮州修志館發行，1949年鉛印本；另見潮州市地方志辦公室2005年重印本，頁2395。

5 參考饒宗頤總纂《潮州志》，潮州修志館發行，1949年鉛印本；另見潮州市地方志辦公室2005年重印本；又見《中華民國新修豐順縣志》，民國三十二年（1943年）鉛印本。

亂，取得整個戰事的勝利起了相當大的作用。丁日昌亦以此次軍功，被任命為瓊州府學訓導。

此次發現的這二十首七律詩，當作於咸豐四年甲寅（1854）秋冬之際。詩歌內容亦是反映此次潮州保衛戰的種種情景以及作者在戰爭中的複雜感受。此時丁日昌年方三十二歲。這些作品，無論是就研究丁日昌生平思想來說，還是就研究丁日昌詩歌成就，尤其是研究他早年詩歌創作來說，都是十分珍貴的資料。

# 梁啟超集外佚文一篇

　　高葆勳著《動忍廬詩存》，中華民國二十一年五月（1932年5月）由位於廣州廣大路的後覺學校出版發行，鉛印線裝一冊。此書版權頁方框內「版權所有不許翻印」八字處，鈐有朱紅篆字陽文印章「動忍廬」一枚，據此判斷，此書當係作者自印本。是書扉頁有易順鼎於「甲寅五月」（民國三年五月，1914年5月）所題「動忍廬」三字。卷首依次有林紓、梁啟超、詹憲慈序文各一篇，之後是作者自序一篇。

　　其中梁啟超所作序文尤其值得注意。查閱至目前為止收錄梁啟超著作最為齊全的林誌鈞編、中華書局1989年影印本《飲冰室合集》，未見收錄此文。覆查檢丁文江、趙豐田編、上海人民出版社1983年版《梁啟超年譜長編》，李國俊編、復旦大學出版社1986年版《梁啟超著述繫年》，吳天任編著、臺灣商務印書館1988年版《民國梁任公先生啟超年譜》，各書不僅俱不載此文，且皆未提及梁啟超嘗撰此文之事。其中，吳天任編著的《民國梁任公先生啟超年譜》最為晚出，是目前所見篇幅最大、搜集資料最為齊全的記載梁啟超生平行止與著述交遊的著作。

　　由以上情況可知，梁啟超為高葆勳《動忍廬詩存》所作序文向為研究者所不知，是新發現的一篇梁啟超集外佚文。現將此文錄出，以公諸同好（標點為筆者所加）。

## 梁任公序

古之詩，不出乎六義也。漢以來之樂府歌謠，唐以來之感遇遣
興，猶有六義之遺風。後世詩集，強半為文酒酬和、揄揚贈序
之作，翻閱集中，一種世俗鄙俚之習，敷陳粉飾之詞，滿目煙
蕪，真義銷亡，至此已極。嗚呼！詩之不見重於世，匪一朝一
夕之故，而積習有以誤之已。向者啟超由滬來京，得讀濟南高
君動忍廬詩一過，其間雖不乏紀遊紀事，而大段尚不出乎六義
之外。文酒酬和、揄揚贈序諸什，反覺寥寥可數。若高君殆知
詩之道者歟！古人之詩，往往有詩無題；今人之詩，往往有題
無詩。青蓮之所以為詩仙者，在能超然塵埃之表；浣花之所以
為詩聖者，在能蟬脫世垢之辭。希臘詩人尼采曰：「吾愛以血
書者。」蓋足以見真性情真境界也。高君之詩，其性情境界見
諸辭表，矯然有絕俗之志，近世詩集所僅見焉。

中華民國十年二月，新會梁啟超識於燕京。[1]

　　由文中可知，梁啟超這篇序文民國十年二月（1921年2月）撰於
北京。當時正是梁啟超遊歷歐洲歸國後一年多，居住於天津，經常往
來於津、京之間，主要從事講學和著述活動，也還關心現實政治狀況
並為之盡力奔波。

　　這是梁啟超從一個熱心宣傳政治改革、宣導啟蒙思想、主張愛國
保種的政治活動家向一個潛心學術研究和著述、培養文史專門人才的
學問家、教育家轉變的重要時期，也是梁啟超一生中最重要、最深
刻、最有文化史意味的一次生活道路和生存方式的轉折。這一變化不
僅對梁啟超本人影響特別重大，對當時中國政治局勢與文化變遷也具
有重要的影響。

---

1　高葆勛：《動忍廬詩存》卷首（廣州後覺學校，1932年），頁2。

　　梁啟超在序文中，對高葆勳之詩予以高度評價，尤其是針對當時「詩之不見重於世」、「往往有題而無詩」的不良狀況，肯定了高葆勳詩作不同流俗的品格和特有的面貌。這些評論當係梁啟超閱讀動忍盧詩的真實感受，非一般客套敷衍之作可比。文中表現出來的詩歌理論觀念，可以與梁啟超的論詩之作如《飲冰室詩話》（1902-1907）、《中國韻文裏頭所表現的情感》（1922）、《情聖杜甫》（1922）、《美術與生活》（1922）、《屈原研究》（1922）等相參觀，有助於更全面、更完整地認識梁啟超的詩歌主張乃至他全部的文學理論思想。而「希臘詩人尼采」云云，顯係梁啟超一時筆誤，錯將德國哲學家尼采誤認為希臘人。

　　《動忍盧詩存》的作者高葆勳，生卒年未詳，生平事蹟亦知曉不多。筆者目前所知僅有如下情況：高葆勳，字鳴劍，山東濟南人，長於廣州。十六歲奉祖父之命應童子試，獲府學第一名。後赴北京應順天鄉試，並投考京師大學堂，師從桐城大儒吳汝綸受學，為其晚年弟子。曾任粵城中學監督、善慶中學堂監督、高州中學堂監督等職。於光緒二十八年八月十五日中秋（1902年9月16日）赴日本，至橫濱、東京、大阪等地，主要考察教育與政治狀況。詩集中有《中秋東渡日本》等詩可為佐證。光緒二十九年正月十二日（1903年2月9日）吳汝綸在桐城家鄉辭世時，高葆勳正在東京，嘗作《哭桐城吳摯甫師汝綸東京》詩，以志哀悼。高葆勳從不以詩人自命，服膺韓愈「餘事作詩人」[2]之說，主要從事教育、政治等活動。除該詩集外，尚著有《治國芻言》等。

　　從《動忍盧詩存》的部分詩篇中，可推知高葆勳出生的大致時間。《甲寅度歲燕市旅館柬林琴南紓索和》有句云：「九衢燈火消今

---

2　韓愈：《和席八十二韻》，錢仲聯：《韓昌黎詩繫年集釋》（上海市：上海古籍出版社，1984年），頁962。

夕，四十頭顱一問天。」[3]甲寅為民國三年（1914），此時高葆勳年齡在四十左右，詩中取其整數曰「四十」。依此推斷，當生於光緒元年（1875）前後。詩集中又有《哭王靜庵二首》云：「家國艱難幾斷魂，屋樑明月照離群。江湖知已從頭數，繼踵彭咸又有君」；「琴書無恙各蹉跎，惆悵題襟舊嘯歌。珠海薊門成永訣，哭君老淚亦無多」。[4]高葆勳與王國維相交頗厚，由此可見一斑；由二人詩集中保留的唱和之作亦可多體會之。此詩係高葆勳得知王國維自沉北京頤和園昆明湖之後所作，時間必在民國十六年六月二日（1927年6月2日）即王國維自沉北京頤和園昆明湖之日以後，詩人此時已現年華老去之感慨。又詩集中七律《五十初度和顧亭林》首聯云：「衰年冉冉事何成，蓬轉鷗盟了半生。」頸聯云：「文章有價誰能識，牛馬隨呼我應名。」[5]是為作者五十歲知命之時的感慨。

《動忍廬詩存》中華民國二十一年五月（1932年5月）在廣州刊行，據版權頁上所鈐朱色陽文篆字印章「動忍廬」三字來判斷，此時作者當尚健在。如果生於光緒元年（1875）左右的推斷與實際情況相去不遠，那麼到詩集出版之時，高葆勳已年近花甲。由於資料缺乏，難以推知其卒年的大致時間，估計享年當在六十以上。

梁啟超於民國十八年一月十九日（1929年1月19日）在北京協和醫院病逝，年僅五十六歲。《動忍廬詩存》在廣州出版時，距梁啟超為之作序的時間已逾十載有餘，梁啟超也已經故去三年多了。他不及看到高葆勳詩集的出版，也無法看到這篇刊於詩集卷首的序文了。這無論是對梁啟超來說還是對高葆勳來說，都是頗為遺憾的。

但是這篇長期以來未能引起學界注意的文章終於被發現並公諸於

---

3 高葆勳：《動忍廬詩存》，（廣州後覺學校，1932年），頁32。

4 同上書，頁42。

5 高葆勳：《動忍廬詩存》，（廣州後覺學校，1932年），頁42。

世，倒是一件可以告慰梁啟超、高葆勳二位古人的事情。既如此，假如有人準備編《梁啟超全集》的話，這篇新發現的梁氏集外文章自當輯入。[6]

梁啟超這樣一個文化偉人，多年來卻沒有為他出一套全集，這無論如何都是令後人覺得汗顏和尷尬的事情。據說《梁啟超全集》的編輯工作已在進行之中，這對於梁啟超和中國近現代文學、學術、歷史文化及多個相關領域的研究者來說是一個福音。但不知等到梁啟超逝世八十週年的時候，我們能不能用他的全集的終於出版來紀念他？

---

6  筆者按：夏曉虹編《飲冰室合集集外文》（北京市：北京大學出版社，2005年）已據筆者提供材料將梁氏此文收入，見該書頁866。

# 《清詩紀事》四家詩補正
## ──丁日昌、汪兆鏞、黃節、汪兆銘

　　錢仲聯主編的《清詩紀事》,「歷時五載,引用各類書籍一千餘種,前後製作卡片累計七萬餘張,所收作家五千餘人」[1],1987-1989年江蘇古籍出版社出版此書,這一浩大的學術工程終告結束。是書共二十二巨冊,凡一千一百多萬言。說此項工程業在當今,功在後世,蓋非過譽,其誠足以副之。然而筆者在使用該書過程中,發現其未克盡善盡美之處若干,故依據手邊極有限的資料,特就所錄嶺南近代四位詩人之作,為之作小小補正,或於其書不無小益。

　　此書規模龐大,卷帙浩繁,編撰者千慮一失,在所難免;筆者聞見寡陋,自不待言;下文所述,或有一得;若有不當,幸該書編者及其它方家教正;其謬誤之處,更望明鑒者有以教之。

## 一　丁日昌

　　《咸豐朝卷》據屈向邦《粵東詩話》錄丁日昌《辛酉除夕東莫子偲》前半,按此詩存《百蘭山館古今體詩》卷四,現據以將全詩錄出如下:「功名鯰上竿,辛苦未及半。忽如鷂退飛,《亨屯》供笑歎。破甌顧何益,棄為山水玩。翩然逢故交,歷歷如聚散。造物意良厚,預

---

1　蘇州大學中文系明清詩文研究室:《前言》,錢仲聯主編:《清詩紀事》第一冊卷首,(南京市:江蘇古籍出版社,1987年),頁3。

早蓄窮伴。有如夔憐蚿，快聚昏至旦。[2]貽欣錦繡段，報愧青玉案。自稱太瘦生，微飲不及亂。枯腸出芒角，妙語清可鹽。雙丸逝迅速，難藉魯戈緩。新年積舊歲，重複終一貫。我今況龍鍾（坡詩『龍鍾三十九，勞生已強半。』餘今亦三十九，故雲），懷古起頹懦。昔賢久糟粕，寸懷尚冰炭。曉景亦可憐，飄泊無常館。貴賤等陳跡，未用相冷暖。明朝有春曦，曝背同一粲。」[3]

## 二　汪兆鏞

　　《光緒宣統朝卷》錄汪兆鏞詠澳門詩均據李鵬翥《澳門古今》，多有不確。汪兆鏞《澳門雜詩》包括《雜詠二十六首》、《澳門寓公詠》八首、《竹枝詞四十首》。汪兆鏞在作於民國六年（1917）小除夕之日的《澳門雜詩》識語云：「澳門自乾隆間寶山印氏、宣城張氏撰《澳門紀略》一書之後，又百餘年矣。其中日異月新，今昔不同，而續纂闕如，靡資考鏡。辛亥之變，避地於此，暇日登眺，慨然興懷，拉雜得詩數十首，徵引故實，分注於下，仿宋方孚若《南海百詠》例也。行篋無書，恐多疏舛；大雅宏達，幸匡正之。丁巳小除夕，慵叟識。」[4]於瞭解《澳門雜詩》頗有價值，故全文引錄於此。

　　該書錄《詠娛園》云：「竹石清幽曲徑通，名園不數小玲瓏。荷花風露梅花雪，淺醉時來一倚筇。」此詩為《澳門雜詩・竹枝詞四十首》之二十三，詩下有注云：「盧氏娛園，擅竹石之勝，有梅花五百樹，香雪彌望，池荷亦極盛。餘為撰亭聯云：人間何世，海上此亭。

---

2　筆者按：《清詩紀事》錄此詩-此而止，以下部分為筆者補出者。

3　丁日昌：《百蘭山館古今體詩》，（廣州市：廣東省社會科學院，1987年膠印本），頁22-23。

4　汪兆鏞：《澳門雜詩》卷首，民國七年（1918年）年冬排印本，頁1。

又於竹石佳處題聯云：竹屋詞境，石林文心。」[5]另作者在《竹枝詞四十首》中說：「餘為《澳門雜詩》，於此間風土粗志其略，尚有委巷瑣聞足資譚柄者，復得詩若干首。旅窗無俚，弄筆自遣而已。」[6]

又所錄《風信堂前伏麗姝》一首云：「獻歲遊人每塞途，燭銀草錦拜耶蘇。最佳風信堂前過，伏地喃喃有麗姝。」是為《澳門雜詩・竹枝詞四十首》之二十六，詩下有注云：「正月初旬，奉耶酥像出遊，至風信堂外稍憩，設壇供之。洋女盛妝迎拜諷經，吳墨井所謂『四街鋪草青如錦，捧蠟高燒迎聖來』也。」[7]

又所錄《詠約翰鮑連那主教葬禮》云：「威容最是法王尊，衢路人知駕馴轅。一旦遷神歌《薤露》，黑紗縞素集諸蕃。」是為《澳門雜詩・竹枝詞四十首》之十六，其詩注與後者相較，有兩處異文：「諸僧環立念經」後本作「諸僧環立念咒」；「寺樓擊大鐘，聲不絕耳」，後本無「耳」字。[8]

又所錄《詠青洲》一詩云：「青洲舊隔水，倏忽海岸連。松杉綠如霧，蕩漾晴霞妍。蕃寺有興廢，可考天啟前。新制土敏土，機廠崇且堅。只惜佳蟹絕，持螯空流涎。」是為《澳門雜詩・雜詠二十六首》之十，詩後說明曰「青洲」。「蕃寺有興廢」句，後本作「蕃寺有興毀」；「持螯空流涎」，後本作「持螯空流涎」[9]，據詩意，此句當以後者為佳，前者顯誤。書中錄自注云：「按青洲山下，海水淤淺，今已連互陸地，直達蓮峰寺前。山下舊產黃油蟹，極肥美。近年設土敏

---

5　汪兆鏞：《澳門雜詩》，民國七年（1918年）年冬排印本，頁13。

6　汪兆鏞：《竹枝詞四十首》卷首，《澳門雜詩》，民國七年（1918年）年冬排印本，頁10。

7　同上書，頁13。

8　汪兆鏞：《竹枝詞四十首》卷首，《澳門雜詩》，民國七年（1918）年冬排印本，頁12。

9　同上書，頁5。

土廠，擲灰海中。佳種頓絕。」此注不完整，前尚有如下一段：「《明史》：『萬曆三十四年，佛郎機於澳之隔水青洲山建寺，高六七丈，閎敞可秘，非中國所有。』《澳略》：『今西洋蕃僧復構樓榭，雜植丹果，為澳彝遊眺地。』」[10]

又所錄《詠新荷蘭園》云：「新闢荷蘭園，範銅像嶙岣。其下沙草平，眾綠生遠春。龍首引靈液，涓涓清以醇。汲引萬松底，燥勿滋芳津。」此首為《澳門雜詩‧雜詠二十六首》之十三，詩至此尚未完，下尚有二句：「此地即桃源，嗟哉思避秦。」[11]

又所錄《詠東望洋山西望洋山》句云：「東西兩望洋，嶄然聳雙秀。地勢繚而曲，因山啟戶牖。南北成二灣，波平鏡光逗。登高一舒嘯，空翠撲襟袖。尤喜照海燈，轉射夜如晝。」此詩為《澳門雜詩‧雜詠二十六首》之五，此即該詩全部，而非斷句，詩後有說明曰「東望洋山西望洋山」，該詩下有注云：「《澳略》：『澳山形繚而曲，東西五六里，南北半之，二灣規圓如鏡。』澳東大海浩淼，不能泊船；澳西多礁石，亦不能停泊。自廣州來，將抵境，先經東望洋山，西行繞至西望洋山下，折入內港，所謂北灣，方能下碇。東山頂有燈塔，陳沂雲同治四年建。」[12]

又所錄《詠風信廟》句云：「蕃婦祈風信，亦如祀浮屠。鯨鍾響鞉鞈，流聲播海隅。神道以設教，華夷寧或殊。」此詩為《澳門雜詩‧雜詠二十六首》之二十三，上尚有四句：「大廟最始建，歲首迎耶蘇。前導十字架，僧徒持咒珠。」詩注云：「《縣志》：『大廟在澳東南，彝人始至澳所建也。西南有風信廟，蕃舶既出，蕃婦祈風信於此。』《澳略》：『澳彝歲奉天主出遊，十字架謂之聖架。』」另外，據

---

10 同上。
11 汪兆鏞：《澳門雜詩》民國七年（1918）年冬排印本，頁5。
12 汪兆鏞：《澳門雜詩》民國七年（1918）年冬排印本，頁3-4。

此本,前引末句「夷」作「彝」;詩後有說明曰「大廟、風信堂」。[13]

又所錄《詠塔石球場》句云:「昔有戲馬臺,後世乃無聞。此地開廣場,草色春氤氳。蹴掬亦古法,體育舒勞筋。樹的相督校,汗走猶欣欣。兵固不可逸,習勤豈具文。」此首為《澳門雜詩‧雜詠二十六首》之二十一全詩,非斷句。詩後說明云「拋球場」;詩注曰:「荷蘭園下兵房有拋球場,亦時於此賽馬。」[14]

又所錄《詠議事亭》句云:「提調郡縣丞,前代有故銜。讓畔敦古處,荒圮奔麏麏。尚餘議事亭,崇敞飛簷牙。從來鄉校法,亦不廢邊遐。」下尚有二句為:「權衡孰持平,愧矣吾中華。」[15]此詩為《澳門雜詩‧雜詠二十六首》之十六,後有說明「議事亭」;詩注曰:「《縣志》:『明故有提調備倭行署三。』今惟議事亭不廢。又原設有稅館及澳門同知縣丞各署,今遺址已漫滅矣。」[16]

## 三　黃節

《光緒宣統朝卷》錄黃節《歲暮吟》句云:「棲遲以迄辛亥秋,作始攘胡至是畢。」此詩載《蒹葭樓詩》卷一,又載《小說月報》第八卷第八號(1917年8月25日),今據《黃節詩集》錄出全詩如下:「閉門十年壯乃出,一別雲林老僧室。三年訂史江上樓,五稔南歸談學術。棲遲以迄辛亥秋,作始攘胡至是畢。風雲廿載一過眼,世變如宮志則律。甘陵部黨同時興,坐視資瑁若滂睚。舉國寒心賈生奮(引者按:《小說月報》本下注『偉節』),西行解禍(引者按:《小說月

---

13 同上書,頁7-8。

14 同上書,頁7。

15 同上書,頁6。

16 同上。

報》本上二字作『解褐』）虞不疾。爾來遂客宣武南，由癸數今已逾乙。傷心賁育豈無勇？逆睹莽誅不終日！時流百變害亦隨，我輩遂為（引者按：《小說月報》本上二字作『直為』）天下失，吾焉能從屠沽兒，亦似正平氣橫溢！憂來聽歌暮復朝，勝與俗子相比昵。秋娘妙曲響遏雲，斂氣入弦淚如櫛。嗟余兩耳何所聞，視若為娛若為恤？強年藉此足自聊，漸解不調到琴瑟。奈何三日邊輟歌，使我無詣歲雲卒。」[17]

## 四　汪兆銘

　　《光緒宣統朝卷》所錄汪兆銘詩，乃是依據陳衍《石遺室詩話續編》。考之民信公司出版的《雙照樓詩詞稿・小休集》、壬午（民國三十一年，1942）三月澤存書庫刊本《雙照樓詩詞稿》和中華日報社民國三十四年五月（1945年5月）刊本《雙照樓詩詞稿》，可知該書所錄，有數處不確。茲據最後一種版本為之訂補如下。

　　所錄《秋夜》詩云：「落葉空庭夜籟微，故人夢裏兩依依。風蕭易水今猶昨，魂度楓林是也非。人地相逢雖不愧，礐山無路欲何歸？記從共灑新亭淚，忍使啼痕又滿衣。」後有「自注」曰：「此詩由獄卒輾轉傳遞至冰如手中，冰如持歸與展堂讀之。」此注不完整，全注為：「此詩由獄卒輾轉傳遞至冰如手中，冰如持歸與展堂讀之。伯先每讀一過，輒激昂不已。然伯先今已死矣。附記於此，以志腹痛。」[18]

　　又所錄《中夜不寐偶成》詩云：「飄然御風遊名山，吐噏嵐翠陵孱顏。又隨明月墮東海，吹噓綠水生波瀾。海山蒼蒼自千古，我於其

---

17　馬以君編：《黃節詩集》，（北京市：中國人民大學出版社，1989年），頁127。

18　汪兆銘：《雙照樓詩詞稿・小休集》卷上（中華日報社，1945年）刊本，頁3。

間歌且舞。醒來倚枕尚茫然，不識此身在何處。三更秋蟲聲在壁，泣
露欷風自秋唧。群虫相和如吹竽，斷魂欲啼淒復咽。舊遊如夢亦迢
迢，半炧寒燈影自搖。西風羸馬燕臺暗，細雨危檣瘴海遙。」並引
《石遺室詩話續編》：「（精衛）《中夜不寢偶成》云云。自來獄中之
作，不過如駱丞坡公用南冠牛衣等事。若此篇一起破空而來，篇終接
混茫，自在遊行，直不知身在囹圄者，得未曾有。」陳衍此語見《石
遺室詩話續編》卷二[19]，《清詩紀事·光緒宣統朝卷》轉引之，詩題之
第四字二處均作「寢」。據《雙照樓詩詞稿》，「寢」當為「寐」字之
誤，詩題當作《中夜不寐偶成》[20]。《石遺室詩話續編》與《清詩紀
事·光緒宣統朝卷》二書同誤。

　　又所錄《詠楊椒山先生手所植楡樹》詩云：「樹猶如此況生平，
動我蒼茫思古情。千里不堪聞路哭，一鳴豈為令人驚。疏陰落落無蟠
節，枯葉蕭蕭有恨聲。寥寂階前坐相對，南枝留得夕陽明。」後錄有
作者「自記」曰：「椒山就義之歲，手所植楡樹適活。數百年來，無
敢毀之者。余所居獄室，門前正對此樹，朝夕相接。」此「自記」不
完整，全文當為：「附記：椒山先生以劾嚴嵩下獄。就義之歲，手所
植楡樹適活。數百年來，無敢毀之者。相傳有神怪。殆有心人藉此以
存甘棠之愛也。余所居獄室，門前正對此樹，朝夕相接。民國六年，
重遊北京，獄舍已剗為平地，惟此樹歸然獨存。」[21]

　　又所錄《除夕》句云：「今夕復何夕。圜扉萬籟沈。」此題下有
詩二首，上引二句為第一首的首聯，全詩作：「今夕復何夕，圜扉萬
籟沈。孤懷戀殘臘，幽思發微吟。積雪均夷險，危松定古今。春陽明

---

19 張寅彭主編：《民國詩話叢編》第一冊（上海市：上海書店出版社，2002年），頁
　519。
20 汪兆銘：《雙照樓詩詞稿·小休集》卷上（中華日報社，1945年）刊本，頁2。
21 汪兆銘：《雙照樓詩詞稿·小休集》卷上（中華日報社，1945年）刊本，頁2。

日至，不改歲寒心。」茲將其第二首也錄出如下：「悠悠一年事，歷歷上心頭。成敗亦何恨，人天無限憂。河山餘磊塊，風雨滌牢愁。自有千秋意，韶華付水流。」[22]

又所錄《偶聞獄卒道一二》句云：「淒絕昨宵燈影裏，故人顏色漸模糊。」此詩題不確，當為《辛亥三月二十九日廣州之役，餘在北京獄中，偶聞獄卒道一二，未能詳也，詩以寄感》。此題下有詩二首，上引二句為第二首之尾聯，全詩作：「珠江難覓一雙魚，永夜愁人慘不舒。南浦離懷雖易遣，楓林噩夢漫全虛。鵑魂若化知何處，馬革能酬愧不如。淒絕昨宵燈影裏，故人顏色漸模糊。」茲將其第一首也錄出如下：「欲將詩思亂閒愁，卻惹茫茫感不收。九死形骸慚放浪，十年師友負綢繆。殘燈難續寒更夢，歸雁空隨欲斷眸。最是月明鄰笛起，伶俜吟影淡於秋。」[23]

另該書引陳衍《石遺室詩話續編》：「（精衛）《除夕》句云：『今夕復何夕，圜扉萬籟沈。』廣州之役，在北京獄中，《偶聞獄卒道一二》云：『淒絕昨宵燈影裏，故人顏色漸模糊。』以上諸詩錄之，以為圜扉生色。」此段文字標點有誤，以致語意不清。當作：「（精衛）《除夕》句云：『今夕復何夕，圜扉萬籟沈。』《廣州之役，在北京獄中，偶聞獄卒道一二》云：『淒絕昨宵燈影裏，故人顏色漸模糊。』以上諸詩錄之，以為圜扉生色。」《廣州之役，在北京獄中，偶聞獄卒道一二》，當為上引《辛亥三月二十九日，廣州之役，餘在北京獄中，偶聞獄卒道一二，未能詳也，詩以寄感》詩之略稱，詩見《雙照樓詩詞稿‧小休集》卷上。

又，該書「汪兆銘」條下有作者介紹，錄陳衍《石遺室詩話續

---

22 同上書，頁4。
23 同上書，頁5。

編》，中言及汪兆銘《秋庭晨課圖》，並引汪氏為此圖所作自記與題詩。詩云：「一卷殘編在短檠，思親懷友淚同傾。百年鼎鼎行將半，孤影蕭蕭只自驚。人事蹉跎成後死，夢魂勞苦若平生。風濤終夜喧豗甚，鎮把心光對月明。」據《雙照樓詩詞稿・掃葉集》，此詩題為《先太夫人秋庭晨課圖，亡友廖仲愷曾為題詞，秋夜展誦，泫然賦此》。首句末「磬」字為「檠」字之誤，從本詩之用韻亦能判斷此字之誤。因此，全句當作「一卷殘編在短檠」[24]。

---

24 汪兆銘：《雙照樓詩詞稿・掃葉集》，中華日報社民國三十四年（1945）刊本，頁48。

# 後記

　　這本小書中的文字，最早的寫於二十年前，那時的我還是一個小青年；最遲的則成於今年，當年的小青年如今已成為一個標準的老中年了。二十年間，自己和自己身外的一切發生的變化，著實不小不少，但是自以為對於黃遵憲與嶺南文學和文化的關注，似乎沒有完全停止過，儘管其間由於種種原因有所斷續。

　　我的學習中國近代文學，起初是由於不得已，隨後則是出於偶然的選擇。我大學期間喜歡的專業其實是語言學，那是我最初的學術興趣之所在；大學畢業那一年也曾報考過漢語語法學的碩士生，結果當然是失敗的。作為一名相當優秀卻極其普通的本科畢業生，經過痛苦煎熬、艱苦抗爭終被批准得以留校任教時，我卻只能進入古代文學教研室教元明清文學；於是，近代文學自然成了我必須關注的領域。此所謂不得已是也。從留校教書那一天開始，我就下定決心考取碩士生，離開那所令我百感交集的學校，這是惟一能夠證明自己的有效方式。當時，我已經朦朧地意識到近代文學是一個頗為冷門卻可能大有前途的領域，那年只有一個學校招收近代文學方向的碩士生，於是我的選擇就只能有一個，那所學校後來成了我現在的工作單位。此所謂偶然的選擇是也。幸運的是，我企盼並為之奮鬥的那一天終於在我上大學、當助教的八年之後實現。

　　我的學術興趣與嶺南文學產生了關聯，大概與近代文學家中嶺南人佔有相當大的比例且擁有非常重要的地位相關，也與我攻讀碩士學位的這所大學處在五嶺以南的五羊名城相關。黃遵憲是我攻讀碩士學

位期間的重點研究對象之一，由此拓展開去的其它研究則與黃遵憲研究的必然要求和我自己對嶺南文學的發展歷程、對嶺南文學與整個中國近代文學關係認識的變化與深化有關。有時候，一定的研究課題與研究領域會產生一種強大的內在慣性，必然對研究者提出更高的學術要求，本來已屬既往甚至非常遙遠的研究對象有可能煥發出生動的學術生命。因此，研究者在選擇研究對象的同時，研究對象也在造就著研究者。這可能就是為什麼在學術研究中經常會感覺到不能自休，甚至不能自持的原因。我對於黃遵憲和嶺南近代文學的研究，雖遠未臻此境界，卻頗為期待那種學術感覺的出現。

當年，我是背著一部《人境廬詩草箋注》從東北來到嶺南的。那是臨別之際我的同窗學友祁海文君送的，這部書後來成為我撰寫碩士學位論文時最重要的參考書。多年來，我還算重視嶺南近代文學文獻的搜求，有時候也盡自己之所能，購買一些自以為有價值的書籍，其間也頗有些收穫，也偶而享受過自得的樂趣。我曾在廣州的舊書店裏得到了胡曦原本十二卷卻僅刊印過兩卷的《湛此心齋詩集》；載有梁啟超一篇集外文的高葆勳《動忍廬詩存》，也是在書店裏胡亂翻檢舊書之際偶然碰見的，這真有點詩以序名的味道了；一套錢萼孫仲聯的《人境廬詩草箋注》商務印書館民國二十五年刊本即初版本，雖已殘破不堪，卻尚能湊合使用，只好勉強買下；民國年間版本眾多、嘗流行一時的《雙照樓詩詞稿》也數次看到，其中一本是極為短命的澤存書庫所刊的紅印本，一本是何炳賢的舊藏，扉頁鈐有「雙照樓印」和「何炳賢」印各一方，頗覺珍貴；學者詩人黃海章簽贈「子約先生」即侯過的一冊《黃葉詩鈔》也是在舊書市上偶然得到，非常得意；自印本《嚶鳴集》是侯過、邈廠和梗萍三人的詩詞合集，其中的邈廠曾是我現在效力的這所大學中文系的教授，黃遵憲研究是其所長，算起來應是我的太老師了，此書令我倍感親切也感慨良多；四十年前出版

於香港的陳融《論嶺南人詩絕句》也是在偶然之間獲得的；在首次赴
梅州上課之餘訪人境廬的時候，喜出望外地買到日本出版的《黃遵憲
文集》；在北京琉璃廠購得《日本國志》光緒二十四年上海集成印書
局刊本，還有一套於懷原藏且書有評語、鈐有印章的《近代詩鈔》；
那天還見到《人境廬詩草》宣統三年日本刊本即初刊本，卻遲遲下不
了決心，後來請北京的朋友買下寄來，還多花了一百八十元；在上海
的舊書店裏獲見《日本雜事詩》光緒五年同文館集珍本即初刊本，且
鈐有「延恩堂三世藏書印記」和「雲蓀過目」朱印；同時得到的高崇
信、尤炳圻校點本《人境廬詩草》，扉頁上也鈐有「雲蓀」篆書朱印
一枚；國家經濟極為困難時期出版的紙質極差的《人境廬集外詩輯》
也是這時購得；在上海文廟的書攤上竟然見到《人境廬詩草》商務印
書館民國二十年刊本即再版本，這本來是頗為常見的人境廬詩刊本，
值得特別珍視的是此書為陳植、黃雪章贈與「君勱先生」者，扉頁有
二人題字與印章；民國年間出版的羅香林《粵東之風》居然也是在文
廟舊書攤上得到的；這兩三年，通過無所不在的互聯網，也購得幾種
可以一提的書籍，如1963年新加坡出版的《南洋學報》第十七卷第二
輯《黃遵憲研究專號》、1974年臺灣藝文印書館據光緒二十四年戊戌
長沙富文堂刊本重新印行的《日本雜事詩》等。

　　為了進行此項研究，淘書買書經歷的種種每多可待追憶。這當中
也不全然是得意，當然也有覺得遺憾甚至後悔的時候。比如，古直
《黃公度先生詩箋》因選詩不及人境廬詩的三分之一且舛誤至夥而頗
受詬病，我受此論影響，以至於數次見到時竟然沒有一次下決心將其
帶回。此書作為人境廬詩的早期箋注本之一，且出自黃遵憲同鄉的學
者兼詩人之手，無論如何都有參考的價值，如今大概已難再尋了。我
沒能有趕上中國舊書業繁榮、各地舊書店林立時的幸運。二十多年前
到蘇州、上海、杭州等地訪書，注意的僅僅是新書而已；在當時的境

況之下，也根本買不起稍微貴一點的書，儘管在今天看來那時候書價是那麼便宜。1994年11月，廣州購書中心開業的時候，還有比較多的線裝古舊書出現，我曾在舊書堆裏淘出二十多本番禺汪氏幾位文學家的詩文別集，準備自己買下，經計算價格後才知道，竟要五六百元錢。這個數字是足以讓彼時阮囊比如今羞澀許多的我大吃一驚的，沒有這個經濟能力，當然也就沒有了一口吃下的氣魄。不忍從此不能得知這批書的去向，遂急忙回來四處遊說，希望公家能出錢、由我出力將這批書籍買回，結果卻是沒有人願意出這個錢。自知買不起、買不了，我又去告別式地看過一次，最後只得悵惘地空手離去。那批今天看來非常難得的文獻，我果然再也無法知曉其藏入誰家或是散落何方了。每憶及此，心中輒黯然久之。稍微覺得有些安慰的是，我能夠獲得的這些珍貴或不珍貴的材料成為我進行此項研究的重要基礎，這在本書注釋提供的信息中可以看到一些。

我總是覺得自己很幸運，因為我總有好老師的指點提攜。假如說考上大學是我的個人命運和人生道路發生實質性改變的標誌，那麼攻讀碩士學位則是我研究學習與學習研究的真正起點。天性魯鈍、蹣跚學步的我從此有了老師的導引和指點。我依然清晰地記得二十一年前那個寒冷的冬天，當我懷著希冀與忐忑的心情發出的信終於得到業師管林先生的親筆回覆，我捧讀教誨時帶給我的周身溫暖，讀到最末才知道，那是先生在身體欠佳尚未完全復原的情況下勉力寫給我的，後來先生還決定將我長達三萬多字的碩士學位論文全文發表。第二年，也是在一個寒冷的冬夜，我收到業師鍾賢培先生的信，得知寄上請教的一篇文章可以發表了，那是我的文字第一次有可能變成鉛字，這消息對當助教已然三年、剛剛學寫學術論文的我是多大的鼓勵！我也記得第一次來陌生的廣州參加研究生入學復試時，業師陳永標先生親臨如今已被夷為平地的學術交流中心看我時令我感到的局促不安和帶給

我的熱情鼓勵。

再後來，當我攻讀博士學位、作博士後研究的時候，則有更多的老師給予我指導和幫助。業師吳國欽先生、黃霖先生對我提出了更多更高的要求，也給了我更多的鼓勵。在此期間，我的主要精力開始轉入近代戲曲研究，原來的黃遵憲與嶺南近代文學研究有所停頓。現在想來，這種轉換或者說是學術範圍的拓展對我的意義非常重大，不僅使我受到更嚴格的學術訓練，也使我有可能在更廣闊的背景下體認學術的含義。猶記得在我提出三個博士學位論文選題設想時吳師為我選定近代戲曲研究這一題目時的情景；亦記得黃師在我提出兩個博士後研究選題計劃時為我確定近代傳奇雜劇史研究並鼓勵我泡圖書館力求有所發現的神情。二位先生對我的教誨，皆是身教重於言傳，讓我用心體會，享受不盡。還有中山大學、復旦大學以及華南師範大學的多位先生一直以來對我的關懷鼓勵。這些，是我一生的財富和珍藏。當我步履沉重、舉足維艱之時，總有老師的攙扶敦促；當我苦悶遲疑、失望彷徨之際，總有老師的撫慰疏導；風和日麗的時候，老師給我雨露甘霖；風雨交加的時刻，老師為我遮風擋雨。

我也經常有好同事、好朋友的關心支持，這也是我格外珍惜的財富。多年來，僅在此項研究之中，我就得到了多位師友的幫助。鄭子瑜教授收到我關於黃遵憲研究的請教信，不僅親筆覆信且將《詩論與詩紀》及論文手稿影本寄下；金耀基教授不以我的冒昧求助為忤，將《從傳統到現代》、《中國現代化與知識分子》簽名贈我；鍾叔河先生在多封書信中對我的學習和研究多有鼓勵，並將一冊《中國本身擁有力量》題詞送我；陳業東先生不僅將《夏曾佑研究》、《中國近代文學論稿》等書送我，且多方為我訪探資料，有求必應；劉聖宜教授知道我正在進行黃遵憲研究，即熱心地將一冊精裝本的《黃遵憲與日本友人筆談遺稿》相送；宋德華教授除了將《嶺南維新思想述論》等書相

贈，還給予我多方面的支持；當我因研究黃節苦於沒有材料而寫信求助的時候，馬以君先生即將手中的最後一冊《黃節詩集》慨然贈我；同窗張求會教授看到廣州市博物館展出的文物中有黃遵憲的兩張詩箋，即回來約我同去考察，由此催發了一些問題的思考和一篇文章的產生。在此項研究中給予我各種幫助的師友還有許多，雖不能在此全部列出他們的名字，我更願意在心中銘記他們的情意。

讓我感念卻無以回報的，還有親人們一直以來對我的關愛。二十一年前，當父親知道我報考了現在工作的這所學校的碩士生的時候，稍作沉吟後只說了沉甸甸的五個字：「離家太遠了」；母親對兒女的牽掛是永遠的，即便老人家如今已年近古稀。岳父來我們的三口之家小住只有那麼一次，時間卻又是那麼短暫；岳母為了我能安心在外讀書不知付出了多少辛勞，女兒是在外婆家長大的，女兒和大姨成了最親最好的朋友。這一切經常不能讓我安然釋然，因為我總覺得無以為報。好在無論在什麼樣的情況下，我都有太太和女兒的陪伴。二十多年來，她們為我付出了許多許多，她們是我精神的依戀和心靈的港灣。遠離故土卻並不孤單的我們三人，一路同行，同心同命。

這套叢書能以「嶺南學」名之，醞釀商討過程中得到吳承學先生的點撥良多；這種基於縝密深邃的學理思考並非妙手偶得的學術靈感給予我的啟迪是豐富而深刻的，並不僅僅是確定了一套叢書的名目而已：必須向先生表達我深深的謝意。本書能夠被列為「嶺南學叢書」之一種，應當感謝我所工作的學校及有關部門的關懷。而這套叢書能如此順利地出版，則應當特別感謝中山大學出版社葉僑健社長的關心支持和嵇春霞編輯辛勤而高效的工作。嵇春霞老師在叢書編輯出版過程中做出的努力和付出的精力是令人感動的。這不僅僅是因為她認真的審讀和精心的編校，也不僅僅是因為她為此書的出版奔波勞碌幾至廢寢忘食，而且是因為她表現出來的敬業精神和樂業態度，以事業心

為底色的優秀的專業素養和學術水準。所以，我在書後表達這樣的謝意絕非客氣的套話，而是出於內心的感動。

　　本書篇幅其實已經不短，後記又已寫得太長。不少感受難以言傳，許多心情開口即非。人卻必須以這種有限的言說來表達無限的思想和轉瞬即逝的意緒。這是一種天賜的幸福，也是一種現世的無奈。貴州遵義詩人鄭珍嘗說作詩「言必是我言」，廣東客家詩人宋湘對自己詩歌的欣賞也在於「賞其寫我心」，黃遵憲年青時也曾說過「我手寫我口」，詩人的這種詩性表達其實是一個既可追求又不可追求的境界，既能實現又不能實現的願望。

左鵬軍

二〇〇七年十月十日於廣州

地域文化研究叢書·嶺南文化叢刊 A0203005

# 黃遵憲與嶺南近代文學叢論　　下冊

| | | |
|---|---|---|
| 作　　者 | 左鵬軍 | |
| 責任編輯 | 蔡雅如 | |
| 發 行 人 | 陳滿銘 | |
| 總 經 理 | 梁錦興 | |
| 總 編 輯 | 陳滿銘 | |
| 副總編輯 | 張晏瑞 | |
| 編 輯 所 | 萬卷樓圖書股份有限公司 | |
| 排　　版 | 林曉敏 | |
| 印　　刷 | 百通科技股份有限公司 | |
| 封面設計 | 菩薩蠻數位文化有限公司 | |

出　　版　昌明文化有限公司

桃園市龜山區中原街 32 號

電話　(02)23216565

發　　行　萬卷樓圖書股份有限公司

臺北市羅斯福路二段 41 號 6 樓之 3

電話　(02)23216565

傳真　(02)23218698

電郵　SERVICE@WANJUAN.COM.TW

大陸經銷

廈門外圖臺灣書店有限公司

　　電郵　JKB188@188.COM

ISBN 978-986-496-017-0

2017 年 7 月初版

定價：新臺幣 300 元

如何購買本書：

1. 劃撥購書，請透過以下郵政劃撥帳號：

　帳號：15624015

　戶名：萬卷樓圖書股份有限公司

2. 轉帳購書，請透過以下帳戶

　合作金庫銀行　古亭分行

　戶名：萬卷樓圖書股份有限公司

　帳號：0877717092596

3. 網路購書，請透過萬卷樓網站

　網址　WWW.WANJUAN.COM.TW

大量購書，請直接聯繫我們，將有專人為您

服務。客服：(02)23216565 分機 10

如有缺頁、破損或裝訂錯誤，請寄回更換

國家圖書館出版品預行編目資料

黃遵憲與嶺南近代文學叢論 / 左鵬軍著. --
初版. -- 桃園市：昌明文化出版；臺北市：
萬卷樓發行, 2017.07　冊；　公分. -- (地域文
化研究叢書. 嶺南文化叢刊)
ISBN 978-986-496-017-0(下冊：平裝)
1.(清)黃遵憲 2.學術思想 3.近代文學 4.文學
評論
820.907　　　　　　　　　　　　106011165